光文社文庫

長編推理小説

東北新幹線「はやて」殺人事件

西村京太郎

目次

第一章　「はやて13号」グリーン　5
第二章　十和田行　47
第三章　女性弁護士　95
第四章　三人目の死　136
第五章　愛について　175
第六章　八戸市内　210
第七章　婚姻届　248
解説　細谷正充（ほそやまさみつ）　293

第一章 「はやて13号」グリーン

1

JR中野駅周辺には、最近は、立派な新築マンションが、次々に建つようになっていたが、その一角だけ、時間が止まってしまったような木造アパートが、一軒だけ残っていた。築四十年というアパートで、二階建て。一室が三畳か四畳半、広くても六畳で、共同トイレ。それに、バスルームもないから、住人たちは、近くに一軒だけ残っている、これも、古い銭湯に出かけていた。

部屋代は、もちろん安い。三畳で二万円、四畳半で三万円。六畳でも、一カ月四万円だった。

一時、住む人が、少なくなっていたのだが、この不景気と、若い人たちのフリーターが増えてから、この富士見荘の部屋も、ほとんど満室になっていた。

中には、郷里の東北から出てきたが、いっこうに芽が出ず、もう十年近くも、このアパートの一室に、住みついている人間もいた。

富士見荘という名前が、示しているように、このアパートが建った四十年前には、部屋の窓からは、富士山が見えたのである。しかし、今は、周りに、高層マンションが建ってしまって、富士山は、もちろん見えないし、昼でも、明かりを点けないと、部屋の中が暗いような状況だった。

七月六日、七夕の前夜、この富士見荘の二階が、火事になった。火元は、二階の十二号室だったが、火は、発見が早かったのと、途中から、雨が降り出したので、すぐに消えてしまった。

しかし、出火原因を調べに、消防署員が二階の十二号室に入っていくと、焼けた部屋の中から、男の死体が、発見された。

その男は、この部屋に住んでいる、奥田豪という三十五歳の男と、判明した。

奥田豪は、明らかに、胸を刺されており、犯人は、彼をナイフで刺し殺してから、部屋に火をつけたものと思われた。殺人事件と断定され、捜査一課が担当することになった。

十津川警部とその部下たちが、現場である富士見荘アパートの二階、十二号室に来た時は、まだ、部屋の中が、くすぶっていた。

部屋は四畳半で、トイレも、ついておらず、その上、調度品らしいものも、ほとんどない。

焦げたテレビも、中古品だったし、テーブルも安物である。部屋代は三万円。物盗りが、部屋に入って、騒がれて、殺したとは、思えなかった。

「怨恨でしょうね」

と、亀井は、最初から、決めてかかったようなことを、いった。

アパートの隣りに、家主の老夫婦が住む家があったが、その家主にきくと、殺された奥田豪は、三年前に、東北から出てきて、このアパートに住むようになった。

「なんでも、青森で旅館をやっていたのが、うまくいかなくなって、潰れてしまい、奥田さんは、なんとかして、東京で働いて、その潰れた旅館を、立て直す資金を集めようとしていたらしいんですよ。でも、こちらでも、いい仕事が見つからなくて、いつも、悶々としていましたね。金がないから、青森の家に帰りたくても、帰れないんだと、そうも、いっていましたよ」

と、家主は、いった。

となると、殺された奥田が、小金をためていたとも思われず、ますます怨恨の線が強くなってくる。

しかし、なぜ、犯人は殺した後、家に火をつけたのだろうか？

発見が早かったのと、突然、東京を襲った豪雨で、火は、たちまち消えてしまった。それがなければ、この木造アパートは、おそらく全焼していただろう。

「犯人は、なんとしてでも、この部屋を、焼いてしまいたかったんだな」

と、十津川は、黒く焦げた部屋の中を、見まわした。

家主のところに、三年前の入居の時に、奥田豪が書いたという契約書があったが、そこには、青森県の十和田の住所と、電話番号があった。十津川が、その電話番号にかけてみると、すでに、その電話は、廃棄されていることがわかった。

とすると、この住所には、奥田豪の家族は、もう、住んでいないのかもしれない。

それでも、十津川は、青森県警に要請して、問題の住所に、奥田豪の家族が、住んでいるかどうかを、調べてもらい、もし住んでいれば、東京で彼が亡くなったことを、家族に告げてもらうことにした。

「ひょっとすると、あの仏さんには、郷里もなくなっているのかもしれませんね」

東北生まれの亀井は、憮然とした表情で、十津川に、いった。

「カメさんは、ずいぶんと、淋しいことをいうね」

「三年前に、郷里でやっていた旅館が、潰れてしまって、なんとか再起を図ろうとして、あの仏さんは、家族を残して、上京して来たんだと思いますよ。しかし、今は不景気で、東京に来れば、稼げるというような状況ではありませんからね。だから、三年間、必死になって働いても、金がたまらなかったんだと思います。もし、たまっていれば、三年の間に、何回か、郷里に帰っていると思うんです。ところが、家主の話では、金がなくて、郷里にも帰れないと、いっていたというじゃありませんか。そのうちに、青森県の家も、なくなってしまったんじゃありませんかね」

と、亀井が、いった。

奥田が、東京で、どんな仕事をしていたのか、家主にきくと、

「体力があるので、建築現場などで、働いていたみたいですけどね。その仕事も、最近は、あったりなかったりで、ずいぶん困っていたみたいですよ」

と、家主は、いった。部屋代も二カ月分溜まっていたという。

奥田は、同じアパートの中にも、親しくしていた人は、いないらしく、刑事たちが、住人にあたっても、奥田のことは、きけなかった。

十津川は、ひょっとすると、この事件は、長引きそうだな、という予感がした。

金のない被害者を殺した動機は、物盗りとは思えず、怨恨の線が強い。それなのに、奥田の郷里の家には、電話がかからないし、家族の消息も、つかめない。

そのうえ、東京に、知り合いがいないのでは、容疑者が、浮かんでこないのではないか。

そんな不安が、あったからである。

2

夜になってから、一筋の光明が、見えてきた。奥田が、時々、顔を出していた、小さなスナックがわかったからである。

五坪にも満たない小さなスナックで、ママの名前は、佐々木明子。その名前から取って、店の名前は「あき」である。

ママが一人でやっている小さな店で、安いのと、六十歳近いママの人柄で、いろいろな客が、集まるらしい。そこに、殺された奥田豪も、ときたま、来ていたという。

十津川と亀井は、その店に行ってみた。客が二人いたが、どちらも、下駄履きの、汚れたポロシャツ姿で、盛り場の客とは、ずいぶん違っていた。

客の一人は、三十分もすると、帰ってしまったが、もう一人の客は、酔っ払って、店の隅で寝てしまった。

そんな客に目をやりながら、ママの佐々木明子は、十津川に、向かって、

「ここは、人生の吹き溜まり。お客も、その吹き溜まりの、ゴミみたいな人たちばっかりね。でも、可愛いの」

と、笑ってみせた。

「ゴミですか」

と、亀井が笑うと、ママは、

「でも、わけ知りのゴミばかりね。よく、落語でいうじゃないの。ゴミだって、自分で吹き溜まりに来たくて、来ているんじゃない、仕方がなくて、来ているんだって」

と、いった。

「奥田豪さんが殺されたことは、知っていますか？」

と、十津川が、きいた。

「ええ、きいたわ」

と、ママは、いって、ビールを、十津川と亀井に勧め、自分もグラスについでから、

「亡くなった奥田ちゃんに、乾杯」

と、いった。

「奥田さんは、ときどき、ここに、来ていたそうですね？」

と、十津川は、きいた。

「お金のない人だから、まあ、一月(ひとつき)に、せいぜい二回ぐらいかしら」

と、いった。

「ここに来ると、どんな話を、していたんですか？」

と、亀井が、きいた。

「今もいったように、うちに来る人は、まあ、人生の敗残者みたいな人ばかりだから、たいてい、愚痴ばかりね。奥田さんも、来ては、たいてい、なんとかして一旗揚げて、金を持って、故郷に帰りたいといっていたけど、とうとう、遺骨で、帰ることになっちゃったわね」

と、ママは、いった。

「奥田さんの故郷は、青森県の十和田でしたね。その故郷のことも、話していましたか？」

と、十津川は、きいた。

「ええ、よく話していたわ」

「家族のこともですか？」

「家族のことは、あまり話さないけれども、自分の生まれたのが、十和田湖の近くだとかで、どんなに十和田湖が素晴らしいか、奥入瀬（おいらせ）の景色とか、よく話してたわ」

と、ママは、いった。

「ママは、奥田さんを殺した犯人について、心当たりはありませんか？」

と、十津川は、きいた。

「全然ないわ。とにかく、あの人は、本当にいい人だった。気持ちは、優しいし。そんな人を、誰が殺したのかしら？」

と、明子は、怒ったような声を、出した。

店の奥で、眠っていた、六十歳ぐらいの客が、突然、ドスンと音をたてて、椅子から、転げ落ちた。

　ママは、あわてる様子もなく、

「また落っこちた」

　と、笑った。

「大丈夫なんですか？」

　と、十津川が、心配してきくと、

「今日は暑いから、床が冷たくて、かえって気持ちいいんじゃないかしら。放っておけば、そのうちに、起きて、帰っていくわ」

　と、ママは、いった。

　十津川と亀井が、それ以上きくこともなくなって、黙っていると、ママが急に、

「これ、奥田ちゃんに、誰にもいわないでおいてくれって、口止めされてたんだけど、もう亡くなったから、いっても、いいかしら」

「何か知っているなら、ぜひ、話してください」

　と、十津川が、いった。

「本当は、奥田ちゃん、七月十日に、三年ぶりに、郷里の十和田に、帰るつもりだったの」

　と、ママは、いった。

「それ、本当なんですか？」

と、十津川は、大きく目を開けて、明子を見た。

「ええ。ただ、なぜか、奥田ちゃんは、この話を、誰にもしないでくれって、いっていたの。東京で、うまくいかなかったから、何か強い決心でも、していたんじゃないかしら」

と、明子は、いった。

「強い決心って、たとえば、どんなことですか？」

と、亀井が、きいた。

「それは、わからないけど、ダメだということを、青森の家族に、いいに行こうとしていたのか。それとも、別のことを考えていたのかしら」

と、明子は、いった。

「奥田さんは、金がなかったんでしょう。だから、帰るつもりだということだけを、いったんじゃありませんか？」

と、十津川は、明子に、きいた。

「いいえ、それはないわ。七月十日には、必ず郷里に、帰るつもりだったのよ」

と、明子は、いった。

「どうして、それがわかるんですか？」

と、十津川は、きいた。

「だって、奥田ちゃん、七月十日の新幹線『はやて』の乗車券を、買っていたんだから」

と、明子が、いう。

「七月十日の新幹線『はやて』の乗車券を買っていたんですか？　間違いありませんか？」

と、十津川は、強い口調で、念を押した。

「七月四日だったと思うの。夜、奥田ちゃんが、一人で飲みに来て、といっても、たいてい、いつも一人で、飲みに来るんだけど。七月十日に、三年ぶりに、郷里に帰ることにしたというのよ。ただ、明日は、久しぶりに仕事が入ったので、切符を、買いに行けない。だから、私に、新幹線『はやて』の切符を買っておいてほしいって、いわれたのよ。七月十日の正午頃の切符が、ほしいというので、次の日の七月五日に、切符を買ってきて、その日の夜、店に来た奥田ちゃんに渡したわ。三年ぶりに、故郷に帰るというので、私がお金を足して、グリーン車の券を、買ってあげたから、覚えているの」

と、明子は、いった。

「そうですか。あの仏さんは、七月十日に、三年ぶりに、故郷に帰ることになっていたんですか」

と、十津川は、小さなため息を、ついた。

なぜ帰ろうとしたのかは、わからない。

ママは、東京でうまくいかないので、何か、強い決心をして、奥田は、故郷に帰ろうとしていたのだろうと、いっている。

そうかもしれないし、違うかもしれない。しかし、とにかく七月十日に、彼は、故郷に帰ろうとしていて、帰れずに、東京で殺されてしまったのだ。

「ママが切符を買ってあげたという、八戸(はちのへ)行きの新幹線『はやて』の正確な列車を知りたいんですが、正午の切符ですか？」

と、十津川が、きいた。

「奥田ちゃんは、その頃の列車がいちばんいいといったんだけど、正午きっかりという列車がなくて、午前11時56分発の『はやて13号』のグリーンを買ったわ」

と、明子は、いった。

「その時刻は、間違いありませんか？」

と、十津川は、いった。

彼女は、小さな手帳を、取り出して、

「ここにメモしてあるから、間違いないわ。東京駅を11時56分に発車する『はやて13号』のグリーン」

「『はやて』のグリーンは、何号車でしたっけね？」

と、十津川は、きいた。

また、明子は、手帳に目をやって、

「『はやて』にはグリーン車が一両しかついてなくて、確か9号車だったわ。ここには、その6Aって書いてあるわ。だから、そこの切符ね」

と、いった。

亀井が、横から、

「『はやて』は、動き出したばかりで、評判がよくて、そのうえ、全席指定なので、なかなか切符が、手に入らないらしいですよ」

と、いった。

「全席指定か」

と、十津川は、つぶやいた。

東京から八戸に行く新幹線「はやて」は、十二月に、運行を開始している。それで、東北へ帰る人たちは、この列車を利用するようになったのだろう。だから、切符がなかなか取れないのか。

しかし、そのことと、今回の事件とは、なにか関係があるのだろうか。

ただたんに、なかなか取れない切符を、やっと手に入れたのに、当人が、殺されてしまって、その切符が使えなくなったというだけのことかもしれない。

翌日、明子から、十津川の携帯に、電話が入った。

「ウチによく来るお客のなかに、奥田ちゃんと同じ東北出身が、何人かいるの。そのなかの三人が、今夜、ウチで、奥田ちゃんを偲ぶ会みたいなものをやるので、よかったら、いらっしゃいません？」

と、彼女は、いった。

「もちろん、うかがいますよ」

と、十津川は、いった。

とにかく、少しでも、被害者のことをきける機会があれば、その機会を、逃したくなかったのだ。

その日の夜、九時過ぎに、十津川は、亀井と二人で、スナック「あき」に、行った。

表には、「都合により臨時休業」の札が、貼られていて、中では、明子と、三人の客が、飲んでいた。

いずれも、四十代から上の年代の客で、その三人が、ママのいう、東北出身の客らしい。

亡くなった奥田豪を偲んで、みんなで飲むといっていたが、十津川たちが行った時、一人は、すでにでき上がっていた。

そして、調子っぱずれの声で、

「帰りたくても帰れない」

と、繰り返し、怒鳴るように、唄っていた。

残る二人のうちの一人は、四十代で、奥田と同じ青森の人間だが、もう八年近く、故郷には帰っていないという。

「下北（しもきた）の生まれなんだが、そこには、もう家もなくてね。両親も、死んでしまったし、俺一人、東京に残っているんだ。だから、もう、俺の故郷は、ないのと同じさ」

と、悟ったように、笑っていた。

もう一人は、五十代で、岩手が故郷。農家の生まれだが、農業が嫌いで、高校を卒業すると、上京して、東京で働いた。しかし、こちらでもうまくいかず、いったん、三十代で、岩手に帰り、親の勧めてくれた女と結婚して、家庭を持ったのだが、やはり、どうしても農業が好きになれず、その女と別れて、また、四十代の時に、上京してきたという。

「俺はさあ、どっちでもないんだよ。岩手も嫌だし、東京も嫌だ。だからといって、ほかでも、暮らせないから、東京にいるんだ。ここじゃあ、なんとなく、生きていけるからね」

と、その男は、やけっぱちみたいに、いった。

「お二人は、奥田さんと、ここで、飲んだことがあるんですか？」

と、十津川が、きいた。

「俺は、三度くらい飲んだかな、一緒に」

と、下北生まれが、いった。

「その時、どんな話を、したんですか？」

と、亀井が、きいた。

「俺は、もう下北になんか未練はないと、いったんだが、奴は、ときどき、なんとかして郷里に帰りたくなると、いっていたね。帰ったってしょうがないって、わかっているのにさ」

と、彼が、いった。

もう一人の五十代のほうは、十回くらいは、ここで、奥田と一緒に飲んだことがあると、いった。

「あいつは、真面目だよ。なかなか、故郷に帰れないといったって、まだ、東京に来て、三年しか経っていなかったんだ。俺みたいに、もう十年以上も、故郷を捨てて、東京で暮らしていると、帰りたくたって、故郷には帰れない。その点、奴は、まだ帰ろうと思えば、帰れたんだ」

と、いった。

「お二人は、奥田さんが、七月十日に、故郷の十和田に帰る予定で、新幹線『はやて』の切符を、買っていたことを、知っていましたか？」

と、十津川は、きいた。

二人は、「エッ？」という顔になって、

「そんなこと、全然知らなかったよ」

と、一人がいい、明子に向かって、

「ママは知っていたのか？」

と、きいた。

「私が、奥田ちゃんに、頼まれて、七月十日の『はやて』の切符を買ってあげたのよ。でも、奥田ちゃんは、このことは、誰にも、内緒にしておいてくれというから、あんたたちにも、話さなかった。どうして、内緒にしておきたかったのか、わからないけどね」

「そうだ、青森には、やっと、新幹線が通ったんだ」

と、下北の男が、いった。

もう一人が、小さなため息をついて、

「奴もかわいそうだな。やっと、切符を手に入れて、七月十日には、故郷に、帰れるはずだったのにさ」

と、いった。

「お二人は、奥田さんから、彼の実家のことについて、何かきいていませんか？　アパートの大家さんの話では、十和田で旅館をやっていて、失敗したということですが」

と、十津川は、二人を見た。

下北の男が、

「あいつは、故郷に、帰りたい、帰りたいというくせに、あまり故郷の話をしなかった。子供の頃、十和田湖で泳いだみたいな話をしたことはあるけど」

と、いった。

岩手の男は、

「俺は、一度、奴が住んでいるアパートに、行ったことがあるよ。確かあれは、去年の二月頃で、ママから、奴が風邪をひいて、寝ているって、きいたもんだから、酒と卵を持っていって、卵酒を作ってやろうと思ってさ。そうしたら、本当に寝てた。そして、その時、写真を見せられたんだ」

と、いった。

「どんな写真でしたか？」

と、十津川は、きいた。

「薄っぺらなアルバムというか、手帳のようなものに、写真が、何枚か貼ってあったよ。ずいぶん、古い写真でね。そうだ、奴の両親がやっていたという旅館の写真もあった。小さな旅館だった。それから、女性の写真も、一枚貼ってあったな。なんでも、地元の高校の後輩とかで、彼女とつき合っていたことも、あったらしいよ」

と、岩手の男が、いった。

十二号室の焼け跡からは、それらしいアルバムは、見つかっていない。燃えてしまったのか、それとも、捨てられてしまったのか。

「お二人は、奥田さんが殺されたことについて、何か、心当たりは、ありませんか？　たとえば、奥田さんが、誰かに、命を狙われているとか、誰かに、恨みを買っているとか、そんな話をしたことは、ありませんか？」

と、十津川は、きいてみた。

しかし、二人とも首を横に振り、一人は、

「奴は、東京に来て三年間、これといった知り合いは、できていなかったみたいだよ。だから、恨みを買うことも、なかったんじゃないかな」

と、いい、もう一人は、

「あいつはね、馬鹿みたいに、人がいいんだ。だから、いつも、損ばっかりしていた。そういう男が、誰かの恨みを、買うなんてこと、考えられないよ」

と、いった。

結局、その夜の奥田豪を偲ぶ会は、三人もママも、へべれけに酔ってしまい、十津川たちは、これといった情報も得られぬままに、午前一時に、散会になってしまった。

3

翌七月九日、二回目の捜査会議が、開かれた。黒板には、殺された奥田豪の写真が貼ってあったが、容疑者の名前のほうは、一人も、書かれていなかった。

「聞き込みの結果を、ききたいね」

と、三上(みかみ)本部長が、十津川に、いった。

「現場である富士見荘アパートが、出火したのは、七月六日の午後十一時過ぎだと思われます。その時間帯について、聞き込みをやっているのですが、なにしろ、富士見荘アパートの住人たちは、お互いに、つき合いがなく、住んでいる人間も、独身者が多くて、寝る時間、あるいは外出する時間も、まちまちなので、怪しい人間を見たという証人が、いないのです。おそらく、犯人が、あのアパートに侵入した時も、誰もそれを、とがめた人間はいなかったと思います。司法解剖によると、奥田豪が、殺されたのは、七月六日の、午後十時から十一時の間ですが、その時間帯に、十二号室から、何か物音や、悲鳴をきいたという者はおりません。その時間帯には、十二号室の両側の部屋の住人は、外出して、留守でした。もうひとつ、奥田豪は、三年間、東京にいたわけですので、彼のことを、よく知る人間がいるのではないかと思い、関係者を、洗っているのですが、彼は、特定の会社に、勤めていたのではなくて、日雇いで仕事をしていたようです。建築現場で、働いたり、時には、臨時に清掃会社に雇われて、ビルの清掃などを、やっておりましたが、仕事の面での知り合いは、ほとんどいません。唯一見つかったのは、彼が、ときたま、飲みに行っていた、近くにあるスナック、『あき』という名前の店です。そこの佐々木明子というママと、同じ東北出身で、飲みに来ていて何回か、奥田豪に会ったという三人に話をきいてきました。その結果、七月十日に、奥田豪は、三年ぶりに、郷里の青森県十和田に、帰るつもりでいたことがわかりました。しかし、帰れずに殺されてしまいました。今いったスナックのママや、三人の東北生まれの飲と、十津川は、いった。

「そうです。奥田が、東京で家族を持ち、決まった職場で働いていれば、三年間もあれば、おそらく、何人もの友人や知人が、できたと思いますが、今もいいましたように、三年間一定の職場を持たず、家庭もなく、いわば、その日暮らしの生活を、していたわけですから、彼のことを、よく知っている仲間が、いなくても、不思議はありません。今申し上げたスナックのママにしても、三人の東北生まれの飲み友達にしても、奥田のことを、ほとんど知らないのですよ」

と、三上が、きいた。

「しかし、三年間も、奥田は、同じ富士見荘アパートに、住んでいたんだろう？　それでも、友人や知人は、できなかったのかね？」

と、十津川は、いった。

「正直にいいまして、まだ一人の容疑者も、浮かんできていません。そのくらい、東京の三年間に、奥田豪は、友人や知人と呼べるものを、つくれなかったわけです」

と、三上が、不機嫌な顔をした。

「それでは、今のところ、犯人の手がかりは、まったくなしか」

と、十津川は、いった。

み友達ですが、彼らも、犯人の心当たりは、まったくないと、証言しています」

「青森の十和田には、奥田の家族や親戚が、いるんじゃないのかね？」

と、三上が、きいた。

「いるかもしれませんが、連絡がとれません。富士見荘アパートの家主は、一応、奥田の郷里の住所と電話番号を、メモしていましたが、そこに電話をかけても、通じませんでした。また、青森県警からの報告では、その住所に、行ってみたところ、奥田のいっていた旅館は、すでになくなっていて、そのあとに、大きなホテルが、建っていたそうです」

と、十津川は、いった。

「それじゃあ、まるで、根なし草みたいな人間だったんじゃないか？」

と、三上は、いった。

その言葉で、十津川は、スナックで会った客のことを思い出した。下北生まれの男のことである。

彼は、飲んだくれて、

「俺には、下北に、家族はいないし、東京にも知り合いがいない。どっちも、故郷とは、呼べないんだ」

と、いっていたのである。

奥田豪も、それと同じような境遇だったのだろうか？

しかし、七月十日の新幹線「はやて」の切符を買ったところをみると、青森には、会いに行くだけの相手が、いたのではないのか？

もし、そうでなければ、どうして、彼は、なけなしの金をはたいて、新幹線「はやて」の切符を、買ったのだろうか？

「家族に、連絡がとれないとすると、今、奥田の遺体は、どこにあるんだ？」

と、三上が、きいた。

「遺体を司法解剖した警察病院に、置かれています。家族の行方が、わかり次第、連絡して、遺体を、引き取りに来てもらうことにしていますが」

と、十津川は、いった。

その日の午後、スナックのママ、佐々木明子が、捜査本部を、訪ねてきた。

「どうしたんですか？」

と、十津川が、きくと、明子は、妙に改まった口調で、

「今日は、奥田さんの遺体を、引き取ろうと思って、来たんですよ」

と、いった。

「しかし、あなたは、奥田さんの家族じゃない」

と、十津川は、いった。

「じゃあ、奥田さんの家族に、連絡がとれたんですか？」

と、明子が、きいた。

「残念ながら、まだ連絡がとれないでいるんですよ。だから、遺体もまだ、警察病院に、安置されています。わかり次第、遺体を、引き取ってもらうつもりなんですがねえ」

と、十津川は、困った表情で、いった。

「それなら、私が、引き取っても、かまわないんじゃありませんか？」

と、明子が、いった。

「しかし、奥田さんの遺体を引き取って、どうするつもりですか？」

と、十津川は、きいた。

「こちらで、茶毘（だび）に付して、遺骨を、青森県の十和田に、持っていってあげようと思っているんですよ。このまま、いつまでも、遺体を放っておいたら、かわいそうですもの」

と、明子は、いった。

「しかし、青森県警からの報告では、十和田にあったという奥田豪の旅館は、とうに取り壊されてしまっていて、そこにはホテルが、建っているそうですよ。それに、奥田豪の家族の行方も、不明です。だから、あなたが、遺骨を持って、十和田に行っても、渡す相手がいませんよ」

と、亀井が、口をはさんだ。

「それなら、いつまで、遺体を放ったらかしにしておくんですか？」

と、明子が、怒ったように、きく。

「そういわれると、困ってしまいますが、あくまでも、遺体というものは、家族に、引き取ってもらうものですから」

と、十津川は、いった。

「それならば、私は、かまいませんけれど。でも、もう司法解剖の結果も出たし、調べは、終わっているんでしょう？」

「確かに、司法解剖はすみました。しかし、残念ながら、容疑者は、浮かんできていません」

と、十津川は、いった。

「じゃあ、お先真っ暗だわね」

と、明子は、ちょっと、軽蔑したようないい方をした。

「仏さんが普通の生活をしていれば、間違いなく、もう、容疑者は、浮かんできています」

と、亀井が、怒ったように、いった。

「仏さんは、青森県十和田の生まれだと、いいながら、家族の消息も、つかめない。そのうえ、東京でも、日雇いで、仕事をしていましたからね。東京での知り合いもいない。ああ、あなたが、いましたね。でも、よく知っている人がいない。だから、どうしても、捜査が、壁にぶち当たってしまうんですよ」

と、いった。

「このままで、犯人は、見つかるんですか？」

と、明子は、いった。

「見つけようと、思っています」

と、十津川が、答える。

「それなら、私が、十和田に行けば、何かを見つけられるかもしれませんわ。だから、奥田さんの遺体を、引き取らせてくださいよ」

と、いった。

十津川は、彼女を待たせておいて、三上本部長に、話を持っていった。

話をきき終わった三上は、

「その女と被害者は、どんな関係なんだ？」

と、きいた。

「仏さんが、ときどき飲みに行っていた、スナックのママです」

「それはきいたよ。男女の関係が、あったのかね。その女とは」

「それは、わかりません。しかし、あのママさんは、奥田に同情していましたね。だから、七月十日に、『はやて』で郷里に帰ろうという奥田に、金をはずんで、グリーンの切符を、プレゼントしているんです」

「それはわかるが、スナックのママが、なぜ、わざわざ、ただの客の遺体を引き取って、その遺骨を、仏さんの郷里に、運ぶといっているのかね。どう見たって、二人の間に、何かあるとしか思えないが」

と、三上は、いった。

「そこのところは、わかりませんが、彼女は、自分が、奥田豪の遺骨を、青森に持っていけば、何か、わかるかもしれないと、いっているんです。ですから、彼女に、遺体を引き取らせて、遺骨を、青森に運んでもらうのも、捜査の助けになるのではないかと、思いますが」

と、十津川は、いった。

「君は、本当に、そう思っているのかね？」

と、三上が、きいた。

「正直にいいまして、捜査は、今、壁にぶつかっています。なにしろ、殺された奥田のことが、よくわからないんですよ。わからないことが多すぎるんです。ですから、ここは、スナックのママに、遺体を、引き取らせたほうがいいかもしれません」

と、十津川は、いった。

三上は、しばらく、考えてから、

「もし、本当に、捜査の助けになると、思うのなら、その女に、奥田の遺体を、引き取らせてもかまわないがね。しかし、十分に注意して、彼女の行動を、見張ったほうがいいな。ひょっとすると、彼女が犯人ということだって、あるかもしれないぞ」

と、いった。

「その点も、十分に考えています」

と、十津川は、いった。

4

翌七月十日、東京駅で、明子は、腕時計を見ながら、

「奥田さんは、新幹線『はやて』で、八戸経由で、十和田に帰ろうとしていたんでしょう。だから、私も、同じように、『はやて』に乗って、青森に行こうと、思っているんです」

と、いった。

「それなら、11時56分発の『はやて13号』に乗ったらいい」

と、十津川は、いった。

「奥田さんは、『はやて13号』の、今日のグリーン車の切符を、買ったわけでしょう？　そうでしたね？」

「ええ。私が買いに行ったんだから、間違いないわ。9号車の6Aの切符を、買ったんです」

と、明子が、いった。

「それなら、全席指定でも、今日の『はやて13号』のグリーン車の6Aの席は、空いているはずだから、その切符を、もう一度買ったら、座れますよ」

と、亀井が、いった。

「そうね。窓口で、きいてみるわ」

と、明子が、いった。

時計は、午前十一時を少し回っている。

明子は、窓口に行って、

「今日の午前11時56分発の『はやて13号』に乗りたいんですけど」

と、いった。

窓口の女性は、

「お気の毒ですけど、今日の『はやて』の席は、全部売り切れてしまっています。ですから、11時56分発の『はやて』の切符も、もうございません」

と、いう。

「実は、私の友達が、七月五日に、この列車の9号車、グリーンの切符を買っているんです。でも、その人は、亡くなってしまいましてね。ですから、その席は、空いているはずなんですけど」

と、明子が、いった。

「それなら、その切符を、お使いになったら、いかがでしょうか？」

「でも、その切符が、見つからないんですよ。だから、私がもう一度、その6Aの座席の切符を、買いますから、売ってください」

と、明子は、いった。

窓口の女性は、困った顔で、

「そういうことは、今までに、なかったことですので」

と、いい、奥に行って、上司と相談していたが、戻ってくると、

「今いった、座席の切符を買った人が、失くしてしまったという、何か、証明でもあれば、もう一度、お売りしますが」

と、いった。

一緒についてきた十津川は、相手に、警察手帳を見せて、

「その切符を買った人が、死んだのは、間違いないんです。それは、私が、証言します。そして、切符は、見つかっていませんから、その席は、宙に浮いているはずなんですよ。今日の問題の列車が、全席売り切れてしまっているとしても、その席は、空いているはずです。切符を買った人間が、死んでしまったんですから。この人に、『はやて13号』の9号車グリーン6Aの切符を、もう一度、売ってもらえませんか？　この人は、大事な用があって、『はやて』に乗りたいんですよ」

と、いった。

窓口の女性は、また、奥に消え、今度は、五十年配の上司を、連れてきた。

その上司は、十津川に、向かって、

「どうも、困ったことに、なりました」

と、いう。

明子が、割って入って、

「どうして、困るんですか？　今いったように、切符を買った本人は、死んじゃったんですよ。だから、切符は、使いたくても、使えないんです。その切符が、見つからないから、私がもう一度、買うといっているんですよ。どうして、売ってくれないんですか？」

と、いった。

上司の男は、相変わらず、当惑した顔で、

「もしですね、その死んだ方が、お友達に、その切符を、あげてしまっていたとしたら、そのお友達が、問題の列車に、乗りますよ。そうなったら、どうなりますか？　あなたは、その切符を、もう一度売ればいいといいますが、今いったように、お友達が、乗ってきたら、あなたの座る席が、ないんです。『はやて』は、全席指定の上、この列車は満席ですから、あなたの座る席は、どこにもない」

と、いった。

「奥田ちゃんが、死ぬ前に、あの切符を、人にあげるなんて、考えられないんだけど」

と、明子は、相談するように、十津川を見た。

十津川は、考えてから、

「こうしたら、どうでしょうか？　この女性を、ひとまず、11時56分発の『はやて13号』に乗せてください。そして、もし、問題の座席、9号グリーンの6Aの席が、ずっと、空いているようでしたら、この人に切符を売って、八戸まで、乗せてあげてくれませんか？」

と、いった。

「もし、その切符を持っている人が現れたら、どうしますか？」

と、相手が、きく。

明子が、ちょっと、怒ったような顔で、

「その時は、『はやて』を降りて、別の方法で青森まで、行きますよ」

と、いった。

十津川のいい分が通って、とにかく、11時56分発の「はやて13号」に、佐々木明子は乗せてもらえることになった。

東京駅を発車した後、グリーン車6Aの席に、切符を持った人が来たら、その時は、あきらめて、列車を降りる。そういう約束になった。

「私たちも、一緒に行きましょうか？」

と、十津川が、明子にきくと、彼女は、首を横に振って、

「刑事さんが、二人も乗ってきたら、事が、面倒になりますよ。だから、私一人で大丈夫」

と、いった。

5

明子は、とりあえず、仙台までの、新幹線の乗車券だけを買って、新幹線のホームに、上がっていった。

11時56分発の「はやて13号」が、入線してくる。この列車には、問題の「はやて」と、秋田新幹線の「こまち」が連結されている。

明子が、「はやて」の9号車に入ると、車掌が、彼女に向かって、

「連絡は、受けています。もし、この9号車、グリーンの6Aの席が埋まらないようでしたら、お客さんに、その席の切符を、お売りします。しかし、もし、その席の切符を持ったお客さんが、乗ってきましたなら、その時は、申し訳ありませんが……」

と、いった。

「わかっていますわ。でも、その切符を、持って乗ってくる人は、いないはずです」

と、明子は、強い調子で、いった。

11時56分。定刻に、新幹線「はやて」は、東京駅のホームを離れた。ざわついていた乗客が、それぞれ、自分たちの座席に、腰を下ろす。

明子は、車掌と一緒に、9号車グリーンの通路を、歩いていった。

6Aの座席を見ると、そこに、三十代の女性が、座っていた。

車掌が、その女性に、向かって、

「切符を拝見したいのですが？」

と、いうと、彼女は、ハンドバッグから、切符を取り出して、車掌に渡した。

その切符を、脇から、明子も、のぞき込んだ。間違いなく、七月十日、今日の「はやて13号」9号車6Aの切符だった。

車掌が、気の毒そうに、明子を見て、

「申し訳ありませんね。切符を持った方がいらっしゃる以上、お客さんは、この6Aの席には座れません」

明子は、そこに、座っている女性に向かって、

「失礼ですけど、この切符、どうやって、手に入れました？」

と、きいた。

きつい感じの顔立ちの、その女性は、

「どうして、そんなことを、おききになるの？」

と、逆に、きき返してきた。

「その席の切符は、私が友達のかわりに、七月五日に買ったんですよ。それは、間違いありません。それを、どうして、あなたが、持っていらっしゃるのか？　どうしても、それを、おききしないと」

と、明子は、いった。

女は、切符を、ハンドバッグに、しまってから、

「実は、どうしても、この列車に乗らなくてはいけないので、JRに勤めているお友達に、なんとか、手に入らないか、きいていたんですよ。そうしたら、昨日ですか、この席の切符を、売りたいという人が現れたので、買ったんです。どうしてもほしかったので、五万円も出しましたわ」

と、いった。

「どなたから、買ったんですか？」

と、明子が、きいた。

「それは、私は知りません。今いったように、JRに勤めている友達に頼んで、買ってもらったんです。その友達が、誰から、買ったかは、わかりません」

と、女は、じっと、明子を見つめて、いった。

二人のやり取りをきいていた車掌が、明子に向かって、

「とにかく、あなたのいうことも、わかりますが、ここは、切符を持っている方の席ですから、私としては、あなたのほうに、納得していただくしか仕方がないのです。もし、何か、ご不満がおありでしたら、あとから、JR東日本のほうに、いっていただけませんか？　ここでケンカをしていても、どうにも、なりませんから」

と、いった。

明子は、仕方なく、次の上野駅で、「はやて13号」を降りた。

「はやて13号」は、彼女を上野駅のホームに残して、発車していった。

明子は、ホームから、十津川に、携帯で電話をかけた。

「私です」

と、明子が、いうと、

「どうなりました？『はやて13号』には、乗れましたか？」

と、十津川が、きいた。

「今、車掌に、無理やり、上野駅で降ろされてしまいました。6Aの席に、お客がいたのです。その人が、切符を持っていたので、車掌が、そちらのお客に、軍配を、上げたんですよ」

と、明子が、いった。

「それは、どういう客なんですか？」

と、十津川が、きいた。

「三十代の女の人。ちょっと、険があって」

と、いってから、

「私がきいたら、その人は、JRに、友人がいて、どこからか、その切符を、手に入れてくれたと、いっているんですよ」

「じゃあ、奥田が、その切符を、売ったということですかね?」

と、十津川が、きいた。

「その女は、五万円で買ったといってましたけど、私には、どうしても、奥田ちゃんが、わざわざ手に入れた切符を、五万円で売ったなんて、とても考えられません。ひょっとすると、あの女が、奥田ちゃんを殺して、切符を手に入れたんじゃないかしら?」

「それは、ちょっと、考えられませんよ」

と、十津川が、いった。

「どうして?」

「傷口などを、調べましたけどね、あれは、明らかに、相当、力のある犯人が、刺したものです。その女性が、レスラーみたいな体格なら別ですが、普通の女性なら、犯人とは、とうてい思えない」

と、十津川は、いった。

そのあとで、

「これから、どうするつもりですか？」

と、きいた。

「いまさら、奥田ちゃんの遺骨を持って戻れないし、仙台までの乗車券は、買ってあるから、これから、東北新幹線で、とりあえず、仙台まで行って、そこから、十和田までのルートを考えるわ」

と、明子は、いった。

携帯を切ると、明子は、次に来た、盛岡行きの東北新幹線の自由席に乗った。

自由席には、いくらか、空席があったので、窓際の席に腰を下ろし、東京駅のホームで買った駅弁を広げた。

箸を動かしながら、窓の外に目をやる。また、あの女性客とのやり取りが、思い出されて、腹が立って、仕方がない。

車掌がいなかったら、どこで、その切符を手に入れたかと、あの女の顔を、殴ってでも、白状させてやりたかったと思う。

彼女には、どうしても、せっかく買ったグリーン車の切符を、奥田が、五万円で売ってしまったとは、思えないのだ。

奥田は、三年ぶりに、故郷に帰りたがっていた。なぜかわからないが、何か、思いつめてそんな大事な切符を、わずかな金ほしさに、売ってしまうだろうか？

6

十津川と亀井は、捜査本部で、壁に東北地方の地図を、貼っていた。

その地図には、新幹線「はやて」が走る、八戸までのルートも、もちろん、載っている。八戸で降り、そこからバスに乗れば、奥入瀬渓谷を通って、十和田に着く。

その地図に、目をやりながら、亀井が、

「三年間も、故郷に帰れなかった男が、久しぶりに、故郷に、帰ろうとしていたんですね」

と、十津川に、いった。

「しかし、その故郷の家は、跡形もなくなっているんだ。それは、殺された奥田も、知っているはずなのに、どうして、帰ろうとしたんだろう？」

と、十津川が、いった。

「スナックのママも、何か、深い理由（わけ）があるみたいなことを、いっていましたね」

と、亀井が、いった。

「ひょっとすると、あのママは、その理由を知っているのかもしれないな。だからこそ、奥田の遺体を、引き取って、遺骨を、彼の郷里に持っていきたいと、いい張っていたんじゃないか？」

と、十津川は、いった。

「しかし、問題の切符を、知らない女が持っていたというのは、びっくりですね」

と、亀井が、いった。

「佐々木明子の話だと、三十代の女が座っていたらしい。その切符を、どこから手に入れたのかときいたら、相手は、ＪＲに、知人がいて、その人間が、どこからか手に入れてくれたので、五万円を払ったと、いったらしい」

と、十津川は、いった。

「ということは、殺された奥田が、金が惜しくなって、その切符を、五万円で売ったか、あるいは、彼を殺した犯人が、その切符を、女に渡したかのどちらかですね」

と、亀井が、いった。

「しかし、奥田を殺した犯人は、どう見ても、男なんだ」

と、十津川は、いった。

「ですから、その犯人が、女に、切符を渡したということじゃないですか？」

「じゃあ、カメさんは、こう思うのかね。その女が、どうしても、七月十日の11時56分発の『はやて13号』で、八戸に行きたい。そういうものだから、犯人は、奥田を殺して、その切符を手に入れて、女に渡したということかね。しかしね、カメさん。いくら女に甘くても、人を殺してまで、新幹線の切符を手に入れて、女に渡すだろうか？」

「そういえば、そうですね。青森に行きたければ、ほかに、飛行機で行ってもいいし、東北新幹線で、盛岡まで行って、盛岡から、タクシーを飛ばしたっていいわけです」

と、亀井が、いった。

「そうだよ。青森に行く方法は、いくらでもあるんだ。もちろん、新幹線『はやて』は、いちばん新しい新幹線だから、どうしても『はやて』に乗りたいという気持ちはあるだろうが、そういう無茶な希望は、子供の希望じゃないか」

と、十津川は、いった。

「それで、スナックのママは、どうしているんですか？」

と、十津川に、きいた。

「携帯に電話してきて、こういっていたよ。上野駅で、降ろされてしまったが、これから、東北新幹線に乗って、どうしても、十和田に行くといっていた。あのママのことだから、何があっても、十和田には行くだろう」

と、十津川が、いった。

「そうまでして、どうしても、十和田に行きたいんですね。三上本部長がいったように、あのママと、殺された奥田豪の間には、男と女の関係が、あったのかもしれませんね」

と、亀井が、したり顔で、いった。

午後三時過ぎになって、十津川の携帯が鳴った。相手は、佐々木明子で、

「今、盛岡に着きました。これから、青森をまわって、十和田に行くつもりです」

と、いった。

「十和田に行って、何を、するつもりなんですか？　死んだ奥田豪の家族か親戚が見つかると、思っているんですか？」

と、十津川が、きいた。

「なんとかして、見つけるつもりですよ」

と、明子は、いった。

第二章　十和田行

1

明子は、青森駅にいた。駅構内の喫茶店に入り、アイスコーヒーを、注文した。

東北は、まだ梅雨が明けていなかったが、それでも、今日は、日射しが強い。喫茶店の中も、クーラーが、効かせてあった。

明子は、レジで、青森の電話帳を借りると、それを見ながら、アイスコーヒーを、ゆっくり飲んだ。

電話帳は、職業別になっていて、明子は、そのなかから、タクシーのページを開いた。

いくつかのタクシー会社が並んでいて、いちばん最後に、個人タクシーの名前が載っていた。

明子は、その名前を、あいうえお順に、指でなぞっていき、〈足立秀雄（あだちひでお）〉という名前に、目をとめた。

携帯で、その電話番号に、連絡してみた。男の声が出た。

「足立タクシーですか？」

と、明子は、きいた。

ちょっと、訛(なま)りのある男の声が、

「そうですが」

と、いう。

「私は今、東京から着いたんだけど、十和田まで、運んでくれないかしら？　途中で、奥入瀬なんかも、案内してもらえると、嬉しいんだけど」

と、いった。

「今、どこですか？」

と、男が、きく。

「今、青森駅の中の喫茶店『十和田』にいるんだけど、迎えに来てくれる？」

と、明子が、きいた。

「そうですね。二十分もあれば、行けますよ。その店に、うかがいますから」

と、男は、いった。

明子は、駅の構内で買った、青森県の観光案内地図を広げて、ぼんやりと眺めていた。観光案内地図だから、やはり、十和田や奥入瀬、そして、弘前の写真が、多く出ている。

それに、新幹線「はやて」が開通したばかりなので、「はやて」の写真も、たくさん載っていた。

「帰省列車」というタイトルの、有名作家の随筆も、載っていた。

今でも、帰省列車という言葉を使うのだろうか？

ふと、明子は、死んだ奥田の顔と言葉を、思い出した。

奥田もときどき、帰省列車という言葉を、使っていた。いつか、帰省列車に乗って、郷里の青森に帰りたい。いつもは、そんなことをいわないのに、酔っぱらうと、奥田は、そんなことを口にした。

彼女の座るテーブルの上に、小さな遺骨が置かれている。奥田だって、生きて、郷里に帰りたかったに違いないが、今は、小さな遺骨になって、青森に、来ている。そのことが、明子を、悲しくさせる。

テーブルの上に、灰皿があるから、タバコを吸ってもかまわないのだろうと思い、明子は、ハンドバッグの中から、タバコを取り出して、火をつけた。

足立という個人タクシーの運転手は、〈二十分で行きます〉といったが、三十分近くかかって、やっと、小柄な六十代の男が顔を出した。店の中を見まわしてから、まっすぐに明子のほうに近づいてきて、

「さっき、電話してくれたお客さんですか？」

「ええ。あなた、足立さん？」

と、きいてから、明子は、立ち上がった。

レジでアイスコーヒー代を払い、駅前に停めてあったタクシーに、乗り込んだ。車体に
「アダチ　タクシー」と書かれている。

「ゆっくり奥入瀬を通って、十和田湖へ行ってほしいの」

と、明子は、いった。

運転手の足立は、車を、スタートさせてから、

「東京から、いらっしゃったんでしたね？」

と、バックミラーに目をやって、いった。

「ええ。初めて、青森に来たのよ」

「これから、いい季節になりますよ。魚はうまいし、景色はきれいだし」

と、足立が、いう。

「そうらしいわね。その、きれいな景色を、じっくり見てみたいわ」

と、明子は、いった。

足立は、運転しながら、チラチラと、バックミラーの中の、明子を見ている。おそらく、この女性客は、どんな商売の人間だろうと、想像しているのだろう。

明子は、現在、五十八歳。あと二年で六十歳になる。だが、水商売をやっているから、普通の主婦よりは若く見えるだろう。それに、堅気には見えない。

それで、足立運転手は、明子のことが、なんとなく、気になっているらしい。

車は、青森市内を抜けた。周囲の景色が、少しずつ、田園の景色になっていく。

「えーっと」

と、足立が、遠慮がちに、いった。

「失礼ですけど、どういうご商売の方ですか？」

やはり、明子がどんな女か、興味があるのだ。

明子は、笑って、

「ずっと、水商売をやっているのよ。まだ現役」

と、いった。

「そうでしょうね。やはり、どこか、垢抜けていらっしゃる」

と、足立は、ヘタなおせじをいった。

しばらく沈黙があって、足立はまた、

「えーっと」

と、いった。

「ちょっと気になるんですが」

「わかっているわよ。この遺骨のことでしょう？」

と、明子は、いった。

「そうなんですよ。それ、誰かの遺骨ですよね？」

「そうよ。七月六日に、亡くなった人の遺骨なの」

と、明子は、いった。

「こんなこと、きいちゃいけないんでしょうが、なんとなく、気になりましてね。その遺骨、十和田まで、持っていくんですか？」

「ええ、そうよ。この亡くなった人なんだけどね。東京の私の店に、よく飲みに来ていたの。その人が、十和田が故郷なので、持っていってあげようと思ってね」

と、明子は、いった。

「そうですか。十和田の人の遺骨なんですか」

と、足立は、いった。

また、何分間か、沈黙があった。

車は、大きな温泉場に、着いた。観光客が三、四十人、かたまっている。

「ここは、酸ヶ湯（すかゆ）温泉ですよ」

と、足立が、車を停めて、いった。

「名前は、きいたことがあるわ」

と、明子が、いった。

「昔は、湯治場だったんですがね。今は、有名になっちゃって、こんなに、観光客が来ているんですよ」

と、足立が、いった。

「ここで休憩しますか？　お茶の接待がありますけど」

と、足立が、いう。

「またの時にするわ。まっすぐ、奥入瀬のほうに行ってちょうだい」

と、明子は、いった。

また、タクシーが、走り出した。

足立は、どうしても、明子がひざの上に載せている遺骨が、気になるらしく、

「こんなことを、きいていいんだか、わからないんだけど、どんな人だったんですか？」

と、きいた。

「あなた、何歳？」

と、明子が、きいた。

「先月で還暦ですよ。ちょうど、六十歳になりました」

と、足立が、いった。

「この遺骨の人はね、あなたの、たぶん半分くらいの年齢だったかしら。三十代の人だった

わ。三十五歳だったかな」

と、明子は、いった。

「青森から、出稼ぎに、行っていたんですかね？」

と、足立が、きく。

「だと思うわ。一所懸命働いていたから。きっと、東京で働いて、故郷に錦を飾りたかったんじゃないかしら」

と、明子が、いった。

「そうなんですか。なんだか、悲しい話ですね。私の知り合いにも、なんとかしようと思って、東京に行った人が、何人もいますけどね。たいていは、うまくいかなくて、帰ってくるんですよ」

と、足立は、いった。

タクシーは、蔦温泉を通過してから、奥入瀬渓谷に入っていった。

2

頭上を、木々の梢と新緑の葉が覆って、ひんやりとした空気が、周辺に漂っている。

明子は、クーラーを、切ってもらって、窓を開けた。涼しい風が、入ってくる。

足立は、観光タクシーも兼ねているのか、一所懸命、周辺の景色を、説明してくれた。

ときどき、車がすれ違う。リュックを背負って、遊歩道を歩いている観光客に、出会う。

「道もいいわね。もっと、険しい道かと思っていたんだけど」

と、明子が、いった。

「観光客が、多いんで、県も一所懸命になって、道を直しているんです。でも、大雨が降ると、この川が、氾濫しましてね。一週間前にも、十和田湖に行く途中で、通行止めになったんですよ」

と、足立は、いった。

道路は、渓流を右に見たり、左に見たりして、蛇行して続いていく。

足立は、ときどき車を停めては、これが雲井の滝とか、白糸の滝とか、説明してくれたが、明子は、ぼんやりと、それをきいていた。

川の中に、大きな流木が、倒れたままになっていた。おそらく、それが一週間前の洪水のなごりなのだろう。

途中、休憩所があって、明子は、車を降りて、その休憩所の中に、入っていった。丸木小屋風に造ってあって、人の気配は、なかった。

小屋のつくりは、うまくできているのだが、自動販売機が、ずらりと並んでいるのは、興醒めだった。

明子は、そこにも喫煙室があったので、そこで、タバコに火をつけた。

この年齢（とし）になると、禁煙が難しい。

足立は、自動販売機で、お茶のペットボトルを二本買って、その一本を、明子に勧めてくれた。

「ありがとう」

と、明子が、いうと、足立はまた、チラチラと、明子を見ながら、

「もうひとつ、ききたいんですけど、いいですかね？」

と、遠慮がちに、いった。

「かまわないわよ」

「私に電話してくださったのは、誰かに、私のことを、きいたからですか？」

と、足立が、きいた。

「それ、興味あるの？」

と、明子が、笑った。

足立は、ちょっと、あわてた様子で、

「そうじゃないんですが、いきなり電話がかかってきたんで」

と、いう。

「実はね」

と、明子は、思わせぶりに、いった。

「ある人に、あなたの名前を、きいたのよ。青森に行ったら、ぜひ、足立タクシーに、案内を頼みなさいって。だから、あなたに、電話をしたの」

と、明子は、いった。

「そうですか。私の名前を、知っている人が、いたんですか?」

「そうなのよ。その人は、青森から、東京に来ていたんだけど、あなたのことを、よく知っていて、ときどき、私に、あなたのことを、話してくれていたのよ。だから、青森に行ったら、ぜひあなたに頼みたいと思って」

と、明子は、いった。

「その人、私の友達なんですか?」

と、足立が、きいた。興味半分、警戒半分、そんな感じの、足立の表情だった。

「確か、あなたの、親しい人だったみたいよ」

と、明子が、いった。

「まさか、遺骨の人じゃないでしょうね?」

と、足立が、きいた。

「実は、そうなのよ。亡くなった人が、あなたのことを知っていて、もし、青森に行くときは、あなたに案内を頼みなさいって」

と、明子は、いった。

足立の表情が、急にきつくなった。用心深い目になって、また、明子のひざの上の遺骨を、見つめた。

明子は、笑いながら、

「この遺骨の人の名前を、知りたい？」

と、きいた。

足立は、迷っているふうだったが、

「そうですね。私の知り合いなら、知りたいですけど、かまいませんか、教えてもらって」

と、いった。

「いいわよ。奥田という人。奥田豪さん。三十五歳で、七月六日に亡くなったの。足立さんは、この人の知り合いなんでしょう？　そういっていたから、奥田さんが」

と、明子が、いった。

なぜか、その瞬間、足立の表情は、こわばってしまった。明子に背を向けたまま、黙りこんでいる。

明子は、そんな足立の背中に向かって、

「やっぱり、知り合いだったみたいね。奥田さんとは、どんな知り合いだったの？」

と、きいた。

「いえ、別に。そんな深い知り合いじゃありませんよ」

と、足立は、はぐらかすように、いった。

そのあと、

「ちょっと、失礼します」

と、いって、車に戻ってしまった。明子は、じっと、そのあとを、目で追った。

足立は、運転席に戻ると、携帯を取り出して、どこかに電話している。

そんな足立の、あわてた様子を、明子は、じっと見つめた。

3

タバコを吸い終わった明子は、車に戻り、タクシーは、十和田湖に向けて、また走り出した。

しかし、なんとなく、車の中の空気が、おかしくなっている。足立の口数が、極端に少なくなってしまったのだ。

それまでは、観光タクシーらしく、いちいち、滝の名前、周辺の景色を説明してくれていたのだが、休憩のあとは、ポツリポツリとしか、説明してくれなくなってしまった。

そんな足立に向かって、明子は、

「ねえ」

と、声をかけた。

「私はねえ、死んだ奥田さんから、あなたのことを、よく、きいていたのよ。前は確か、なんとか観光という会社で、働いていたんでしょう？　そこで運転手をしていて、ときどき、青森から、十和田に来ていた。そこで、奥田さんと、親しくなったんじゃないの？」

と、明子が、きいた。

「そんなことは、ありませんよ。その頃は私も、確かに、タクシー会社の運転手で、よく、客を十和田まで、案内しましたけどね。その時、奥田さんは、旅館をやっていて、そこに、客を連れていったから、それで、顔を見知った程度ですよ」

と、足立は、いった。

「でも、奥田さんは、ずいぶん、あなたのことをしゃべっていたわよ。とても、信頼していたみたいだった。そうなんでしょう？」

と、明子は、いった。

「そんなことは、ないですよ。今いったように、奥田さんの旅館に、客を運んだだけですから。その時、まあ、挨拶はしましたけどね、別に、親しかったというわけじゃ、ないんですよ」

と、足立は、いった。

「そうなの。でも、奥田さんは、ずいぶん、あなたのことを、親しそうに話していたけど」

と、明子は、いった。

「そういわれちゃうと、困るんだけど」

と、足立は、つぶやくように、いった。

急に、目の前に、大きな湖が、見えてきた。十和田湖である。

その十和田湖の、玄関口といわれている子ノ口（ねのくち）で、足立は、タクシーを停めた。

近くには、遊覧船の乗り場もある。

足立は、バックミラーを見たまま、

「どこのホテルに、ご案内したらいいんでしょうか？」

と、妙に硬い口調で、きいた。

明子は、

「十和田湖に、休屋（やすみや）という場所があるときいたんだけど、その場所、知ってる？」

「ありますよ。そこへ行くんですか？」

と、相変わらず、足立の口調は、硬い。

「そこへ、やってちょうだい。そこで、ホテルを取りたいんだけど」

と、明子は、いった。

タクシーは、湖に沿った道路を、休屋に向かって、走っていった。足立は、やけに飛ばす。

明子は、そんな足立に、向かって、

「もっとゆっくり走らせてくれない？　湖の景色を楽しみたいのよ」

と、いった。

足立は、黙って、スピードを落とした。

「ねえ」

と、また明子が、足立に声をかけた。

「確か、死んだ奥田さんの旅館は、休屋にあったらしいけど、知っているの？」

「何回も、いいますけどね。私は、その旅館に、お客を運んだだけなんですから、詳しいことは、知らないんですよ」

と、足立は、いった。

十和田湖の中に、二カ所、小さな半島が突き出ている。御倉(おぐら)半島と、中山(なかやま)半島である。その御倉半島を通過して、しばらく行くと、休屋に着く。

休屋は、湖畔のなかでも、いちばん、にぎやかな場所で、ホテルや旅館が、集中しているところだった。

「どのホテルがいいですかね？」

と、足立が、きいた。

「今、空いているところなら、どこでもいいわ」

と、明子が、いった。

足立は、車を停め、携帯で、何カ所か電話をかけて、あたってくれたが、

「グランドホテルなら、部屋が空いているそうですから、そこへ行きます」

と、いい、明子が、いいとも悪いともいわないうちに、そのグランドホテルの前に、車をつけてしまった。

「ここまで××円になります」

と、足立は、切り口上でいい、明子がその料金を払うと、さっさと、引き返してしまった。

明子は、苦笑しながら、ホテルの中に、入っていった。

4

フロントで部屋を決めてもらい、明子は、三階にある、その部屋に入った。

窓を開けると、十和田湖が、見える。遊覧船が、ゆっくりと走っている。

窓際の籐椅子に腰を下ろしていると、仲居が入ってきて、

「いらっしゃいませ」

と、挨拶してから、お茶をいれてくれた。五十代に見える女だった。

明子は、仲居のいれてくれた、お茶を飲みながら、

「あなた、ここには古いの？」

と、きいた。

「ええ。もう三十年近く、働いていますけど」

「じゃあ、この土地の人ね？」

「そうです。青森から出たことは、ないんですよ。田舎者で」

と、仲居は笑った。

「じゃあ、この辺のことに詳しいと思うけど、戸川（とがわ）さんという人を、知らないかしら？」

と、明子は、きき、その字を、メモ用紙にボールペンで、書いてみせた。

「とがわさん？」

と、仲居は、つぶやいてから、

「お名前のほうは、わからないんですか？」

と、きいた。

「ええ、名前のほうは、わからないの。確か、中年の人だと思うんだけど。十和田湖のこの辺で、昔、民宿をやっていた人で、今でも、同じように、民宿をやっているんじゃないかしら？」

と、明子は、いった。

「じゃあ、あの戸川さんかしら？」

と、仲居が、いう。

「その戸川さんのこと、話してくれないかしら」

と、明子が、いった。

「私も、よく知らないんですけどね。確か、昔、この近くで、民宿をやっていた人が、いるんですよ。今は、ふるさとセンターの近くで、大きなホテルをやっていますけど、確か、戸川さんと、いったはずですよ。戸川、何といったかしら」

と、仲居は、いった。

「その人、何歳くらい？」

「確か、お父さんがいましてね。その人は、現在、三十五、六歳じゃないかしら」

と、仲居が、いった。

「どういう人か、あなたの知っている範囲でいいから、教えてくれないかしら。会ってみたいの」

と、明子が、いった。

「そうですね」

と、仲居は、考えてから、

「私は、息子さんより、お父さんのほうを、よく知っているんですよ。確か、青森の市内から、この十和田に移ってきて、小さな民宿を始めたといっていました。それが、うまくいって、今は、さっきもいったように、ふるさとセンターの近くで、大きなホテルを、やっているんです。息子さんもしっかりした人で、確か、もう結婚していると思いますけど」

と、いった。

「ふるさとセンターって、どの辺なの？」

と、明子は、きいた。

仲居は、部屋の隅から、十和田湖マップを持ってきて、それを、明子に見せながら、

「この休屋から、ずっと湖に沿って進むと、ここに、十和田ふるさとセンターというのが、あるんですよ。その近くに、いくつかホテルがあるんですけど、そのなかのひとつが、戸川さん親子のやっているホテルだと思いますよ」

と、仲居は、教えてくれた。

「明日にでも、行ってみようかしら。その十和田ふるさとセンターというのに」

と、明子は、いった。

「十和田湖で、ヒメマスの養殖に成功した和井内（わいない）さんという、偉い先生がいるんですけど、その人の資料を、いろいろと集めているのが、十和田ふるさとセンターなんですよ。一度見てみると、面白いですよ」

と、仲居は、いった。

そのあと、急に、明子が置いた遺骨に、目をやって、遠慮がちに、

「そのご遺骨なんですけど」

と、いった。

「あ、これね。何だと思う？」

と、明子は、微笑しながら、きいた。

「どなたか、亡くなった方の、ご遺骨でしょうけど、どうして、わざわざ持ってこられたんですか？」

と、仲居が、きいた。

「実はね。私、東京で、小さなスナックをやっているんだけど、そこに来るお客さんのなかに、この十和田から、来た人がいたの。その人が、急に亡くなってね。せめて、遺骨を、生まれ故郷に持っていってあげようと思ってね」

と、明子は、いった。

「十和田で、生まれた人なんですか？」

「そうなの。この十和田湖の近くで、旅館をやっていた人なんですけどね。それが、うまくいかなくなって、東京に出稼ぎに来たのね。その人が七月六日に、死んでしまったんだけど、きっと、故郷の十和田に、帰りたかっただろうと思ってね」

と、明子は、いった。

「失礼ですけど、その人の名前を、教えていただけます？」

と、仲居が、いった。

「奥田さんというの」

と、明子は、奥田豪と、メモ用紙に書いてみせた。

途端に、仲居の表情が、一変した。急に黙ってしまったのだ。

「あなた、奥田さんのことを、知っているみたいね」

と、明子が、いった。

「いいえ。そんな名前の人は、知りません」

と、仲居は、いい、急にそそくさと、部屋を、出ていってしまった。

5

午後七時になって、同じ仲居が、食事を運んできたが、今度は、まったく口をきかず、黙々と食事を、テーブルの上に並べていく。

そんな仲居を、明子は、じっと、見つめていた。

とうとう、仲居は、一言もしゃべらず、食事の支度をすませて、部屋を、出ていってしまった。

明子は、夕食をすませると、地酒を、ゆっくりと飲み出した。酔ってくると、明子は、部

屋の隅に置いた、奥田の遺骨に向かって、

「あんたって、どうしてかわからないけど、知り合いに、嫌われていたみたいよ。あんたが飲みながら、いろいろと話してくれたでしょう。名前もきいたし、親友だともいわれたけど、その足立さんは、あんたの名前をいうと、黙ってしまうし、さっきの仲居さんも。どうしてかしらねえ？」

と、話しかけた。

明子は、少し酔って、次の間に敷いてくれた布団に入って、横になった。

6

翌日、明子は、朝食をすませると、タクシーを呼んでもらい、十和田ふるさとセンターに出かけた。

休屋を離れると、急に、淋しい景色になった。家並みも、消えてしまって、ひたすら単調な湖畔の道を、走っていく。

今日、タクシーを運転してくれている運転手は、三十歳くらいの若い男だった。

今日は、遺骨を、部屋に置いてきた。それでも、若い運転手は、バックミラーの中の明子を、じろじろと見る。

やはり、明子の商売がわからず、何をしている人間か、興味があるのだろう。

車が、十和田ふるさとセンターの前に停まった。

大きくて、頑丈に造られた建物で、ヒメマスの養殖に成功した、和井内貞行（さだゆき）の業績が、称えられている。

「ここで、待っていましょうか？」

と、運転手が、明子に、きいた。

「そうね。ちょっと、待っていてもらおうかしら」

と、明子は、いい、センターの中に、入っていった。

彼女は、和井内貞行の名前も知らなかったし、十和田湖で、ヒメマスの養殖が行われていることぐらいは、知っていたが、そのことに特別、興味があったわけではなかった。

センターの中の案内所に寄って、

「ちょっと、ききたいことが、あるんですけど」

明子は、そこにいた案内の女性に、

「この近くのホテルのことで、ききたいんですけど、戸川さんという人がやっているホテルを、知らないかしら」

と、きいた。

「それなら、確か、十和田西ホテルだと、思いますけど」

と、若い案内係が、教えてくれた。

「ここから歩いて、十二、三分のところで、新しいホテルですから、すぐわかりますよ」

と、いった。

センターを出ていくと、待っていたタクシーの運転手が、驚いたように、

「もう終わったんですか？」

と、きいた。

「私、ヒメマスのことには、あまり興味がないから」

と、明子は、笑った。

「これから、どうします？　湖を一周しますか？」

と、運転手が、張り切って、きく。

「それも、やってみたいけど、まず、十和田西ホテルというのに、案内してくれないかしら。そこで、ひと休みしたいの」

と、明子は、いった。

「いいですよ。すぐそこだから」

と、運転手は、いった。

そのホテルは、ふるさとセンターの女性が、教えてくれたように、真新しい、大きなホテ

ルだった。

　タクシーを降り、明子は、ホテルのロビーに入っていった。

　ロビーの中に、ティールームがある。そこに入り、コーヒーを注文してから、明子は、ホテルのパンフレットをもらって、目を通した。

　グラビアの多い、豪華なパンフレットだった。それには、このホテルの社長の、戸川専太郎の挨拶も、載っていた。

〈このたび、ホテルを、新築いたしましたので、皆様のご利用を、お願いいたします。社員一同、お客様のために、働くことを誓います〉

　といった、ありきたりの挨拶だった。写真も載っている。明子と同じくらいの、五十代後半の年齢だろう。

　そのそばに、営業部長として、戸川明という、若い男の写真も、載っていた。

　どうやら、それが、社長の息子らしい。営業部長の決意といったものも、小さくだが、載っていた。親子揃って、頑張ろうということだろう。

　明子は、そのパンフレットを、ハンドバッグにしまった。

　そのあと、明子は、コーヒーカップを、いきなりテーブルの上で倒した。コーヒーが、彼女のスカートに、かかった。

　わざと、明子は、

「うわ！」

と、大きな声を、出した。

びっくりして、ウェイトレスが、駆け寄ってくる。

「どうなさいました？」

と、きく。

「今、コーヒーをこぼしちゃったのよ。スカートに、かかっちゃって。どうにかならないかしら」

と、明子は、大げさに、眉をひそめてみせた。

「どうしたら、いいんでしょうか？」

若いウェイトレスも、声を出した。

「どうしたら、いいんでしょうかっていう前に、なんとかしてくれないかしら。このままじゃ、外に、出られないわ」

と、明子は、睨んでみせた。

その剣幕に驚いて、ウェイトレスは、あわててカウンターの中に戻っていき、中年の男を、連れてきた。

その男は、同じように、

「どうなさいました？」

と、きく。

「どうなさいましたって、コーヒーをこぼしちゃったのよ。早く、なんとかしてちょうだい！」

と、明子は、いった。

「どうしたら、いいでしょうか？　ここにお泊まりですか？」

と、男が、きいた。

「泊まっていなければ、何もしてくれないの？　責任者を、呼んでちょうだい！」

と、明子は、さらに、大きな声を、出した。

その大声で、ロビーにいた五、六人の観光客が、一斉に、明子のほうを、見た。

男は、困ってしまって、

「ちょっとお待ちください」

と、いって、また一人の男を、連れてきた。

その男の顔に、明子は、見覚えがあった。ホテルのパンフレットに、営業部長として出ていた、写真の男である。

どうやら、困ってしまって、営業部長を連れてきたらしい。

戸川という営業部長は、三十五、六歳で、背の高い男だった。いやに、冷静な口調で、

「ききましたが、コーヒーをこぼされたそうで」

と、いった。

「何度も、同じことを、いわせないでちょうだい。ここで、コーヒーを飲んでいたら、こぼしてしまったのよ。この人にきいたら、泊まっていない客は、面倒を見ないようなことを、いっているけど、私だって、十和田を、楽しみにしてきた観光客なんだから、冷たい扱いをされたら、東京に帰って、いろいろと、いうわよ。これでも知り合いが、多いんだから」

と、明子は、わざと、からんでいった。

戸川は、

「まあ、まあ。なんとかいたしましょう」

と、相変わらず、冷静な口調で、いう。

「しばらく、待っていただけるのでしたら、コーヒーのこぼれたスカートを、クリーニングして、お返しいたしますが。十五、六分ですむと思います」

と、いった。

「その間、私は、どうしたらいいの？」

と、明子は、いった。

「そうですね。着替えのスカートを、お持ちしますので、それに着替えて、ここで、何か召し上がっていてください。それは、サービスで、お出しします」

と、戸川は、いった。

その口調は、自信に満ちていて、世慣れた感じだった。

「申し訳ないけど、そうしてちょうだい」

と、明子は、いった。
十五、六分すると、クリーニングされた、明子のスカートを、戸川が持ってきた。
「申し遅れましたが、私は、こういう者です」

と、戸川は、営業部長の肩書のついた名刺を、明子に差し出した。

「まあ、ホテルの営業部長さんなんですか？」

と、明子は、大仰に、驚いてみせた。

戸川は、微笑しながら、

「失礼ですが、東京から、おいでになった方ですか？」

と、きいた。

「ええ。東京で、小さなスナックを、やっているんですよ」

と、明子は、いった。

「どうりで、垢抜けていらっしゃる」

と、戸川は、おせじを、いってから、

「私も営業で、たまに、東京に行くのですが、その時、一度、お寄りしたいですね」

「ええ、どうぞ。小さな店ですけど」

「お名刺があれば、いただきたいのですが」

と、戸川は、いった。

「ええ、いいですよ」

と、明子は、ハンドバッグから、営業用の名刺を取り出して、戸川に、渡した。

戸川は、その名刺と、明子の顔を、見比べるようにしながら、

「ああ、中野ですか。スナック『あき』ですか。いい名前ですね。ああ、そうか、名前から取ったんだ」

と、いった。

「中野に来たことが、おありになるの？」

と、明子が、きいた。

「今もいいましたように、東京には、営業で何回か行きましたが、中野には行ったことが、ありません。今度、行ってみますよ」

と、戸川は、いった。そのあと、

「中野というのは、どういうところなんでしょうね？　きっと、にぎやかな場所なんでしょうね？」

と、探るように、きいた。

「昔は、東京のはずれでしたけどね。今は、本当に、にぎやか」

と、明子は、いいながら、相手の顔を、じっと見つめた。

これは、明子の勘だったが、相手は、どうやら明子のことを、知っているらしい。きっと、あの足立という運転手が、この戸川に、明子という妙な女が来たと、話しているのだろう。そんな気がしたのだ。

「失礼ですが、今、どちらに、お泊まりですか？」

と、戸川が、きいた。

「休屋のグランドホテルに、泊まっているんですけど」

「休屋なら、にぎやかで、いいところでしょう。便利だし」

と、戸川が、いった。

「私ね。実は、十和田には、初めて来たんですよ。ですから、いろいろと、十和田を案内してもらいたいんだけど。営業部長のあなたにお願いしても、かまわないかしら？」

と、明子が、いった。

「ええ。私も、なんとかスケジュールを都合して、ご案内したいと、思います。今夜にでも、お電話くださいませんか？」

と、戸川は、いった。

「ええ。じゃあ、夕食のあとにでも、お電話します」

と、明子は、いった。

明子は、戸川に、礼をいい、いったん、休屋のホテルに、戻った。

夕食の時には、今度は、別の仲居が、食事を運んできた。なぜ交代したのか、わからなかったが、ひょっとすると、前の仲居が交代を頼んだのかもしれない。

新しく食事を運んできたのは、若い仲居だった。

「昨日の仲居さん、どうしたのかしら？」

と、明子が、きくと、

「急に、体の具合が悪くなったといって、今日は、お休みです」

と、相手は、いった。

夕食のあとで、戸川のほうから、電話がかかってきた。

「なんとか時間が取れましたので、明日、十和田湖の周りを、ご案内しましょう。休屋に、御前ケ浜というところがありまして、そこに、乙女の像があるのですが、ご存じですか？」

と、戸川が、きいた。

「写真で、見たことがありますけど」

と、明子が、いった。

「じゃあ、そこで、午前十時に待っていていただけませんか？　私が、車で、迎えに行きます」

と、戸川は、いった。

7

翌朝、ホテルで、朝食をすませると、明子は、観光案内地図を見ながら、御前ケ浜に向かって、歩いていった。

乙女の像は、すぐにわかった。何度も、写真で見ていたからである。高村光太郎が作ったということも、前に一度、死んだ奥田から、きいたことがある。

その像の近くに来て、明子は、腕時計に目をやった。約束の時刻までには、まだ、五、六分あった。

男が近づいてきて、急に、

「あんた、明子さんか？」

と、きいた。

三十代の男で、ゴム長を履いているから、この土地の人間らしい。

「そうだけど、私ね、今、人を待っているの」

と、明子は、いった。

「俺も、あんたを、待っていたんだ」

と、男は、いった。

「私は、あんたを、知らないけど、急に、私も有名になったみたいね」

と、明子は、からかうように、いった。

「俺は、あんたに、忠告しに来たんだ。さっさと、東京に、帰ったほうがいいな」

と、男が、いった。

「どうして？」

と、明子が、きいた。

「危ない目に遭うと、思うからさ」

と、男が、いった。

「どんな危ない目？　教えてちょうだい」

と、明子がいった時、男は突然、隠し持っていた棒のようなもので、明子の頭を、殴りつけてきた。

固い棒が頭に当たって、一瞬、明子は、目の前が、暗くなった。

うめき声を上げながら、かがみ込むと、今度は、また、背後から、殴られた。

〈ああ、気を失うんだ〉

と、明子は、思った。

8

東京で、十津川は、その知らせを受けた。佐々木明子が、十和田で負傷して、病院に運ばれたというニュースである。

何があったのかは、わからない。それは、青森県警からの、知らせだった。

十津川は、亀井と一緒に、すぐ十和田に向かった。新幹線の「はやて」に乗って、八戸まで行き、八戸から、タクシーを、十和田に飛ばした。

そのタクシーの中で、亀井が、

「いったい、何があったんでしょうね？」

と、十津川に、きいた。

「県警の話では、佐々木明子が、十和田の乙女の像の近くで、誰かに、殴られて、ケガをして、救急車で、病院に運ばれたらしい。しかし、それしか、わからない」

と、十津川は、いった。

「あのママさん、いったい、何をしに、十和田に行ったんですかね？」

「私には、死んだ奥田の遺骨を、十和田に運んでいって、なんとかして、知り合いに渡したいといっていた」

と、十津川は、いった。

「そのために、殴られたんでしょうか？　それとも、物盗りですかね？」

「それも、わからないんだ」

と、十津川は、いった。

十和田湖畔の休屋という、にぎやかな場所に、総合病院があり、佐々木明子は、そこに入院しているという。

十津川と亀井は、その病院の前で、タクシーを降りた。観光地にある病院にしては、かなり大きな病院だった。

受付できいて、三階にある病室に、二人は、上がっていった。

病室は、二人部屋だが、片方のベッドは空いていて、明子は、残りのベッドに、寝かされていた。

頭に、ぐるぐると、包帯を、巻かれている。それでも、目を開けて、十津川と亀井を迎えた。

「大丈夫ですか？」

と、十津川が、声をかけると、明子は、顔をしかめながら、

「まあ、なんとか、命に別状はないみたい」

と、いった。

「この近くで、いきなり殴られたそうですね？」

と、十津川は、きいた。

「ええ。いきなりね。こんな目に遭ったのは、初めて」

「相手の顔は、見たんですか？」

「ええ。ちゃんと見たわ。それは、ここの巡査さんにも、いったの」

と、明子は、いった。

「犯人は、どんな人間なんですか？」

と、亀井が、きいた。

「三十五、六歳の男の人。この土地の人ね。ゴム長を履いていたから」

と、明子は、いった。

「どうして、殴られたんです？　何か、あなたの物を、盗もうとでもしたんですか？」

と、亀井が、きいた。

「あれは、物盗りの犯行じゃないわ。私の名前を、知っていたから」

と、明子は、いった。

「あなたの名前を、知っていたんですか？」

と、十津川は、目を大きくした。

「じゃあ、あなたも、相手の名前を、知っていました？」

「私が、知っているわけないじゃないの。生まれて初めて、ここに来たんだから」

と、明子は、いった。

「じゃあ、どうして、相手は、あなたの名前を、知っていたんでしょう？」

と、十津川が、きいた。

明子は、笑おうとしたが、頭が痛いので、その笑いは、歪んだものになってしまった。

「私ねえ。なんだか知らないけど、ここへ来てから、急に有名人になっちゃったの。だから、その男も、私の名前を、知っていたんだと思う」

と、いった。

「その男は、あなたと知ったうえで、殴ってきたんですね？　どうしてなんですかね？」

と、十津川は、きいた。

「私にだって、どうして殴られたのか、わけがわからないわ。でも、その男はね、私に、早く東京に帰れと、いったのよ。それを、笑ったから、いきなり、殴られたんじゃないかしら」

と、明子は、いった。

「あなたに、早く東京に帰れと、いったんですか？」

「そうよ」

「男は、どうして、そんなことを、いったんですかね？」

と、十津川は、きいた。

「私に、わかるわけが、ないじゃないの。今もいったように、私は、その男に初めて会ったんだから」

と、明子は、いった。

「ここへ来てからの二日間、あなたは、何をしていたんですか？　変なことを、したんじゃないんですか？」

と、十津川が、きいた。

「変なことなんかしないわよ。ただ、死んだ奥田さんの知り合いを、探しただけ」

と、明子は、いった。

「死んだ奥田さんの知り合いを、探しただけで、大ケガをするほど、殴られたというんですか？」

と、亀井が、疑わしそうに、いった。

「そうなのよ。だから、私も、なにがなんだか、よくわからなくて」

と、明子が、いった。

「本当に、何も、わからないんですか？」

十津川は、また、疑わしげに、明子を見た。

「本当にわからないの。なにがなんだかね」

と、明子は、繰り返してから、急に顔をしかめて、

「また、頭が痛くなってきた。看護婦さんを、呼んでちょうだい」

と、いった。

9

十津川と亀井は、病院を出て、湖岸に出てみた。近くに、乙女の像が立っている。その前で、観光客が、写真を撮っていた。

「あのママさん、ここへ来て、何かやらかしたんですよ」

と、亀井が、いった。

「カメさんも、そう思うか?」

「そうですよ。彼女、絶対に、何かを隠していますね。何もしないで、ただ、死んだ奥田の知り合いを探しているだけで、頭に、ぐるぐる包帯を巻かなきゃならないほど、殴られますか? きっと、相手の気に障ることを、いったか、やったかしたんで、殴られたんだと、思いますよ」

と、亀井が、いった。

「そうだな。あのママさん、何かを、奥田からきいていたんだ。だから、ここへ来て、何か

した。それしか、考えられないな」

と、十津川も、いった。

二人は、ゆっくりと、乙女の像に向かって、歩いていった。

歩きながら、亀井が、

「あのママさんですがね。確か、六十歳くらいでしょう？」

「たぶん、そんな年齢だろう。五十八歳かね。そんな話を、きいたことがある」

「その歳にしては、色気がありますよ」

と、亀井が、いった。

十津川は、笑って、

「カメさん、何をいいたいんだ？」

「死んだ奥田と、あのママとの関係ですよ。彼女は、ただの客だと、いっていましたけどね。私は、どうも二人の間に、何かあったと、思うんですよ。今もいったように、あのママさんは、まだ色気があるし、奥田だって、ちょっとしたインテリだったようですからね。二人が仲良くなったって、おかしくありませんよ」

と、亀井が、いった。

「もし、二人が、いい仲だったとすると、いろいろと、ママは、奥田から、話をきいていたと思うな。だから、あの彼女は、奥田について、いろいろと知っているんだ」

と、十津川は、いった。

「どうして、それを、われわれに、教えてくれないんでしょうね？　何かわかっていれば、捜査の参考になるのに」

と、亀井が、悔しそうに、いった。

「きっと、死んだ奥田は、何か秘密を持って、東京に出てきたんだ。その秘密を、奥田の代わりに、あのママが、ここにやって来て、ぶちまけたんじゃないかね？　それで、奥田の知り合いは、困ってしまった。そんなところじゃないかね？」

と、十津川は、いった。

二人は、乙女の像の近くまで来て、そこにあったベンチに腰を下ろして、湖面に目をやった。風が少し吹いている。

目の前を、ゆっくりと、遊覧船が走っていく。

「死んだ奥田は、ここで、旅館をやっていたんでしたね？」

と、亀井が、湖面を見ながら、いった。

「その旅館が潰れて、東京へ出てきた。妻子とは別れて、その行方は、知れない。奥田のやっていた旅館も、取り壊されて、今は、ホテルになっている」

と、十津川は、いった。

「確か、奥田が、十和田を捨てて上京したのは、三年前でしたね？」

と、亀井が、思い出しながら、いった。

「記録では、そうなっている。たぶん、三年前、この十和田で、奥田と、周囲の人間たちとの間で、何かが、あったんじゃないのかな。その秘密を持って、奥田は、東京に出ていった。そして、今度、三年ぶりに、彼は、十和田に帰ろうとした。そして、何者かに、殺されてしまった」

と、十津川は、じっと湖面を見つめながら、いった。

「ひょっとすると、三年前に何か事件があって、それが原因で、奥田は、殺されたのかもしれませんね」

と、亀井が、いった。

「カメさんのいうように、この十和田には、奥田に帰ってきてもらいたくない人間が、何人かいるのかもしれない。だから、奥田は、三年ぶりに、十和田に帰ろうとして、殺されてしまった。それで、犯人はホッとしていたんじゃないのかね。それなのに、あのママさんが、奥田の遺骨を持って十和田にやって来て、あれこれと調べ出した。それで、彼女は、警告の意味で、殴られてしまったんじゃないか？　そんな気がするね」

と、十津川は、いった。

「もし、その想像が、当たっているとすると、あのママさんが退院して、何かしようとすると、また殴られますよ。今度は、もっと手ひどく」

と、亀井が、いった。

「じゃあ、彼女が退院するまで、われわれも、ここにいようか？　少し心配になってきた」

と、十津川は、いった。

二人は、まず、この近くのホテルか旅館に泊まることにして、案内所で、調べてもらった。その結果、一軒、旅館の部屋が空いているときいて、そこにチェックインすると、ひと休みしてから、もう一度、明子の入院している病院に向かった。

明子は、ベッドに、腰を下ろして、運ばれてきた病院の食事をとっていた。その食事がすむのを待ってから、十津川は、明子に向かって、

「あなたは、何かいろいろと、知っているんじゃないんですか？」

と、きいた。

「私が、何を？」

明子は、とぼけた顔で、

と、きき返した。

「亡くなった奥田さんのことですよ。奥田さんのことを、いろいろと、知っているんじゃないですか？」

と、十津川は、きいた。

「前もいったけど、奥田さんは、私の店に飲みに来ていたお客。それだけのことですよ。何

も知りませんよ」

と、明子は、いった。

「しかし、あなたは、奥田さんの遺体を引き取り、茶毘に付して、遺骨を持って、この十和田に、やってきたんでしょう？　ただの客とママの関係で、どうして、そこまでするんですか？」

と、十津川が、きいた。

「だって、かわいそうじゃないの。遺体の引き取り手も、なかったし。唯一の知り合いが、私なんだから、何かしてやるのは、当たり前でしょう？」

と、明子は、いった。

「しかし、いきなり、あなたが殴られるなんてこと、普通は、ありませんよ」

と、亀井が、そばから、いった。

「だから、私も、不思議で仕方がないの。私ってねえ、口が悪いから、きっと相手を怒らせちゃったのかな」

と、明子は、またとぼけて、いった。

「これから、どうするつもりですか？」

と、十津川が、きいた。

「どうしようかしら。奥田さんの知り合いを探して、できたら、奥田さんのお墓を、この十和田に作って、その人に、ずっと見てもらいたいんだけど」

と、明子は、生真面目な顔になって、いった。

「そんな人が、見つかると、思っているんですか？」

と、十津川が、きいた。

「きっと見つかるわ。奥田さんって、真面目で、いい人だったから、きっと、いいお友達がここにいると思うの。それに、奥さんだって、どこかに生きているはずだから、なんとかして見つけたいわ」

と、明子は、いった。

「何も、教えてくれないんですか？」

と、十津川は、きいた。

「何を？」

と、明子が、また、きき返す。

「さっき、乙女の像を、見てきましてね。その乙女の像を見ながら、亀井刑事と話し合ったんですよ。奥田さんは、三年前、ここで、事業に失敗して上京した。その時に、何かあったんだと思ったんですよ。そのことを、奥田さんは、あなたに、話していたんじゃないんですか？　その話を、あなたは、ここに来て確かめようとして、何人かの人に、会ったんじゃないのかな。それで、殴られた。違いますか？」

と、十津川が、きいた。

「私がここへ来たのは、二日前のことですよ。二日間で、いったい、何が、できるんです？」

と、今度は、怒ったように、明子が、十津川を見た。

何かを、この女は、隠している。その確信は、十津川の胸の中で、より深くなっていった。しかし、今のままでは、彼女は、何もしゃべってくれないだろう。その確信も、十津川の中で、強くなっていった。

第三章　女性弁護士

1

七月十七日、新装なった八戸駅では、四人の男女が、これから到着する「はやて13号」の迎えに出ていた。この列車で、彼らの大事な客が、到着するのである。

四人は、改札口の外で、その客を、待った。時間になり、「はやて13号」が、到着した。間をおいて、どっと、列車の客が、降りてきた。今日も、新幹線「はやて」は、満員らしい。

時間が経ち、降りてくる乗客たちの姿も、まばらになってきた。しかし、四人が待っている人間の姿は、なかなか現れない。

男三人と女一人の四人は、それでも、じっと、改札口の外で、待っていたが、その表情も、少しずつ、不安の表情に変わってきた。

「間違いなく、この列車に、乗っていたのかなあ」

と、男の一人は、いい、

「ええ。東京駅で乗る時に、きちんと、先生は、この列車に乗ると、おっしゃったんですよ」

と、女が、いった。

「それなら、どうして、先生は、降りてこないんだ？」

と、もう一人の男が、やや、尖(とが)ったような声を出した。それだけ四人は、この列車を降りてくる相手に、期待を持っていたのである。

時間が経ち、乗客の姿は、すっかり、消えてしまった。

「俺が中に入って、見てくるよ」

と、四人のなかで、いちばん若い男が、すぐ入場券を買いに、走った。

「はやて13号」が到着したホームでは、車掌が、乗客の消えたホームから、車内に入って、最後の点検を、始めていた。

ときどき、列車が、終点の八戸に着いたのに、降りるのを忘れて、眠っている乗客もいるからである。

車掌は、一両ずつ、通路を歩きながら、左右の座席を調べていった。

9号車のグリーンに来た時、車内の一画にポツンと一つ、乗客の頭が、見えた。どうやら、眠りこんでしまって、降りるのを、忘れてしまったらしい。

車掌は、その乗客に、近づいていって、

「もしもし。終点の八戸ですよ」

と、微笑しながら、声をかけた。

その乗客は、窓際の席に、腰を下ろしていた。中年の女性で、帽子をかぶって、うつむき加減に、腰を下ろしている。

スーツ姿で、一見して、女性のエリートの感じだった。

車掌が、もう一度声をかけたが、相手の返事がない。

(どうも、困ったものだ)

と、車掌は、思いながら、今度は、女性の肩に手をかけて、揺すってみた。

「すいません。終点ですから、降りていただけませんか？」

ところが、女性の身体は、ぐらりと揺れるだけで、相変わらず、返事がなかった。車掌の表情が、少し変わってきた。

「どうされたんですか？」

と、今度は、不安な表情で、声をかける。

それでも、返事はない。

もう一度、肩を揺すると、今度は、女性の身体が、ゆっくりと、車掌のほうに倒れてきた。

車掌の顔が、こわばってくる。

中年の女性は、座席の下に倒れて、動こうとしない。よく見ると、唇から、血がにじんでいた。

車掌は、あわてて、ホームに飛び出すと、大声で、近くにいた駅員を呼んだ。

「すぐ、救急車を呼んでくれ！」

と、車掌は、怒鳴った。

駅員が、集まってくる。

9号車グリーンのまわりが、殺気立ってきた。

「どうしたんだ？　病気なのか？」

と、駅員の一人が、のぞき込むようにして、いった。

車掌が、

「わからないが、とにかく、救急車だ！」

と、繰り返して、怒鳴っている。

そこへ、例の四人のうちの一人の男が、ホームに上がってきた。

男は、車両を、一つずつのぞき込むようにして見ていたが、グリーン車内で、駅員と車掌が騒いでいるのを見て、中に入ってきた。

そして、駅員たちの後ろから、のぞき込んで、床に倒れている女性の姿を見ると、顔色を

変えて、

「先生！」

と、怒鳴った。

2

やっと、救急車が到着し、担架を持った救急隊員が、ホームに駆け上がってきた。

その間に、男は、携帯で、改札口の外で待っている仲間に、連絡をとっていた。

「先生が、大変なんだ！　倒れている！　今、救急車が、呼ばれている！」

男は、ホームに立って、グリーン車の中をのぞき込みながら、仲間に連絡をした。

それをきいて、三人の男女も、ホームに駆け上がってきた。

四人の男女は、じっと、グリーン車を見守った。

倒れた中年の女性は、担架に乗せられて、駅の外の救急車に、運ばれていった。

四人の男女は、車掌を、つかまえて、

「何があったんですか？　先生は、大丈夫なんですか？」

と、口々に、きいた。

車掌は、四人に向かって、

「あの乗客は、あなた方の知り合いなんですか？」

と、きいた。

「そうですよ。私たちは、先生を待っていたんですよ。大事な先生なんだ。どうなったか、教えてください」

「私にも、わかりません。とにかく、倒れてしまって、呼んでも、返事がないので、救急車を要請して、病院に運んだところですよ」

「どこの病院ですか？」

「駅前のＳ病院だと、思いますが」

と、車掌が、いうと、四人の男女は、無言のまま、ホームの出口に向かって、走っていった。

その頃、Ｓ病院では、運ばれてきた患者に対して、緊急手術が、行われることになったが、その手術の途中で、医師は、首を、横に振ってしまった。女の心臓が、完全に、停止してしまったからである。

医師は、手術を中止すると、すぐに警察を呼ぶことにした。死因に不審な点があったし、医師の診たところでは、毒物を飲んでいた可能性が、あったからである。

今度は、青森県警の刑事たちが、パトカーで、Ｓ病院に、やってきた。

刑事の一人が、手術を担当した医師に向かって、

「電話では、毒物を飲んだ可能性があるということでしたが？」

と、きいた。

「そうです。たぶん、青酸化合物だと思いますね」

と、医師は、いった。

「殺人の可能性は？」

と、その刑事が、きいた。

「それは、私には、わかりません。とにかく、青酸中毒死の可能性が、高いんです。自殺かもしれないし、あるいは、他殺かもしれません」

と、医師は、いった。

刑事たちは、死んだ女の所持品を、調べにかかった。

女のスーツの胸には、金色の弁護士のバッジがついている。

そして、運転免許証には、深町恵子（ふかまちけいこ）の名前があった。年齢は、四十八歳。住所は、東京だった。

「東京の弁護士さんか」

と、刑事の一人が、つぶやいた。

看護婦の一人が、

「この患者さんの、お知り合いの方が、待合室に、いらっしゃいますよ」

と、刑事に、いった。

江上(えがみ)という刑事が、それをきいて、病院の待合室に、降りていった。

そこには、三人の男と一人の女が、心配そうにかたまって、小声で、話し合っていた。

その四人に向かって、江上は、

「私は、青森県警の江上といいます。皆さんは、あの患者さんの知り合いだそうですね？」

と、声をかけた。

四人のうちの一人が、

「それで、先生は、助かるんですか？」

と、強い調子で、江上に、きいた。

「残念ながら、今、亡くなられました」

と、江上は、ちょっと目を伏せて、いってから、

「皆さんと、あの女性との関係を、教えてください」

と、いった。

「私たちは、ある大きな問題に関係していましてね。あの東京の先生に、助けを、求めていたんですよ。それで今日、先生は、われわれを助けに、来てくださったのです」

と、男の一人は、いった。

「つまり、皆さんは、今、係争中の事件を抱えておられる。そのために、あの弁護士さんを

頼んだというわけですか？」

と、江上が、きき直した。

「そうですよ。本当に、先生は、死んだんですか？」

と、四人のなかの女が、まだ信じられないという顔で、江上にきいた。

「残念ながら、亡くなりました。それは、医師が、確認しています」

と、江上は、繰り返した。

「どうして、先生は、死んだんですか？」

と、男の一人が、きく。

「それは、わかりませんが、もし、これが事件ならば、われわれが、捜査します」

と、江上が、いった。

「先生は、殺されたんですか？」

と、一人が、きいた。

「それを、これから、捜査するんですよ。今の段階では、なんともいえません」

と、江上は、慎重に、いった。

「どうしよう？　どうしたらいいんでしょう？」

と、四人が、小声で、話し合っている。

「とにかく、あなた方の名前を、教えてください。もし、これが、事件になったら、皆さんにも、いろいろと、おききしたいことがありますから」

と、江上はいい、警察手帳を取り出した。

江上刑事は、四人の名前と連絡先を、きいてから、もう一度、手術室に、戻っていった。

医師が、刑事たちに向かって、説明しているところだった。

「青酸中毒であることは、まず、間違いありませんが、その青酸化合物は、嚥下(えんげ)したものではないと、考えられます」

と、医師が、いった。

「飲んだものではないんですか？」

と、刑事の一人が、首をかしげた。

「そうです。おそらく、注射されたものだと思います」

と、医師が、いった。

「注射？」

と、江上が、医師を、じっと見つめて、

「自分で、青酸化合物を注射して、自殺する人間なんて、いないんじゃありませんか？」

「そうですね。ちょっと、考えられませんが、まったくゼロではないでしょう。いろいろな自殺の仕方をする人が、いますから」

と、医師が、いった。

「すぐ駅に戻って、問題の列車のグリーン車両を、調べてくれ」

と、江上は、若い刑事に、いった。

そういわれた刑事二人が、すぐ、病室を飛び出していった。

しばらくして、江上に、連絡が入った。

「グリーン車内を、いくら調べても、注射器は見つかりません」

と、刑事の一人が、いった。

江上の表情が、きつくなった。

「わかった」

と、返事をしてから、江上は、八戸警察署に、連絡をとった。

事件の経過を、簡単に説明してから、

「これは、殺人と思われます」

と、江上は、いった。

3

十津川が、この事件の知らせを、きいたのは、夕方になってからだった。

青森で起きた事件なので、最初は、自分たちとは関係ないと、考えた。

しかし、事件の詳細がわかってくるにつれて、十津川の表情が、きつくなっていった。

十津川は、ある点で、この事件に、注目した。

十津川たちは、現在、七月六日に、中野のアパートで殺された、奥田豪という男の事件を、追っている。

奥田豪は、七月十日の「はやて13号」のグリーン券を買っていた。殺された後、そのグリーン券は、人手に渡っていた。

この事件と、七月十七日に起きた今回の事件は、一見、関係がないように見える。

しかし、十津川は、同じ「はやて13号」の中で起きた事件ということで、この事件に注目したのだ。

もちろん、今のところ、その一点しか、共通点はない。

それでも、十津川は、翌十八日に、青森の事件を捜査している八戸警察署に、電話をかけた。事件は、久保田という警部が、担当しているという。

十津川は、七月六日に東京で起きた事件について、簡単に説明してから、

「そちらで起きた事件について、詳細を、できればファックスで、送っていただけませんか？」

と、久保田に、いった。

「そちらは東京で起きた事件で、こちらは青森、といっても、新幹線の車内で、起きた事件

ですから、あまり関係がないように、思えますが」

と、久保田は、最初は、乗り気ではなかった。

しかし、今までにわかったことは、ファックスで送ると、いってくれた。

五分後に、ファックスが、送られてきた。

4

「七月十七日の新幹線『はやて13号』の車内で起きた事件について、お知らせいたします。

死亡者は、深町恵子、四十八歳の女性弁護士で、東京弁護士会に所属しています。

彼女は、現在、青森で起きた事件の弁護を依頼されて、現場を見るため、十七日に『はやて13号』で、やってきたわけです。

その車内で、彼女は、青酸中毒で、亡くなりました。

医師の説明によると、その青酸は、皮下注射で、打たれており、その注射器が、車内から見つからないことから考えて、何者かが、彼女に注射を打ち、青酸中毒死させて、逃亡したものと、思われます。

よって、青森県警としては、これを殺人事件と考え、捜査を、始めました。

殺人の動機ですが、被害者の深町恵子は、今、敏腕の弁護士で、今、起きている青森県下の事件についての弁護を、引き受けたために、殺されたものと、考えられます。以上です」

十津川は、そのファックスを、亀井たちに見せた。

「これを読んで、どう思うか、意見をいってくれ」

と、十津川は、いった。

刑事たちの意見は、当然、二つに分かれた。

現在、自分たちが捜査している事件と、関係があるというものと、関係がないというものの二つに分かれ、関係なしというほうが、多かった。

その意見を代表するように、若い西本刑事が、こういった。

「二つの事件の類似点は、新幹線『はやて13号』という一点だけです。それに、奥田豪は、七月十日の同じ『はやて13号』のグリーン車の切符を持っていたといっても、実際には、乗っていませんし、また、その切符を、今回殺された深町恵子という弁護士が、使っていたというのならば、大いに関係があると思われますが、別の切符を、使っているのです。そして、今のところ、奥田豪と、この深町恵子という弁護士とは、なんの関係もありません。ですから、別の事件と見たほうが、いいと考えます」

日下刑事は、こういった。

「それに、二つの事件は、殺しの方法が、違っています。奥田豪のほうは、刺されて、殺されており、おまけに、放火されています。今回の弁護士殺しは、注射器を使って、青酸化合物を被害者の体内に注射するという、凝ったものです。殺しの方法が、まったく違っています」

こうした意見に対して、十津川は、

「確かに、君たちのいうとおりだ。今のところ、二つの事件の共通点は、ないに等しい。しかし、私はね、どうしても、引っかかるんだよ」

と、いった。

十津川は、すぐ、青森県警の久保田警部に、電話をかけた。

まず、ファックスのお礼を、いってから、

「もう少し詳しい状況を、教えていただけませんか？」

と、いった。

「詳しい状況といっても、ファックスした以外には、別にありませんが」

と、久保田は、いった。

「そうですが、殺された深町弁護士が、座っていた座席の番号なども、教えていただきたいのです」

と、十津川は、いった。

「それが、殺人事件と、関係があるとも思えませんが」

と、久保田は、いいながらも、

「被害者が、座っていたのは、9号車グリーンの7Aの席です。後ろから七番目の窓際の席ですよ。これでいいですか？」

と、いった。

5

十津川は、黒板に、9号車グリーンの座席の図を描いた。

グリーン車の車内は、中央の通路を挟んで、座席が、ABCDと、四列並んでいる。そして、八戸に向かって、進行方向後ろから、六番目の席が6Aで、その前が7Aである。

その7Aに、十津川は、赤いチョークで、丸をつけた。

それを見ていた、亀井に向かって、

「カメさん、どう思うね？」

と、十津川は、声をかけた。

「その7Aに、今回殺された、深町恵子という弁護士が、座っていたんですか？」

と、亀井が、いった。

「そうなんだよ。そして、七月六日に殺された奥田豪の切符は、この7Aの後ろの、6Aの席だった。それが、どうも引っかかる」

と、十津川は、いった。

「しかしですね」

と、亀井が苦笑して、

「日にちが、違いますよ」

と、いった。

「わかっているんだ。日にちが、違っている。それは、よくわかっている」

と、十津川は、いった。

「警部の考えていることは、よくわかりますよ」

と、亀井が、いった。

「私も、新幹線には、よく乗りますから、気がついたんですが、窓際の座席に腰を下ろすと、どうしても、片腕が、座席から外に、はみ出してしまいます。そして、窓際の、狭い棚のようなところに、腕を預けてしまうんです。そうする形が、いちばん楽ですからね。つまり、後ろの座席からは、その腕が、よく見えるんです。たぶん、警部は、犯人が、その後ろの席に腰を下ろしていて、座席から、はみ出している腕に、注射を打った。そう思っていらっしゃるんでしょう？」

「そのとおりなんだ」

「しかしですね。犯人は、七月十日に、事件を起こしたんじゃなくて、七月十七日に、起こしたんです。つまり、奥田豪の切符とは、まったく関係がないんです。そうでしょう？」

と、亀井は、いった。

「私はね、カメさん、こういうことを、考えてみたんだ」

と、十津川は、いった。

「青森で起きている事件が、どんなものかは、知らない。その弁護を引き受けることになった、深町恵子という敏腕の弁護士が、現地に行くことになった」

「彼女が、優秀な弁護士だという話は、きいています」

と、亀井が、いった。

「その弁護士に、青森に来られては困るというグループが、いるんじゃないかな。その人間が、十七日の新幹線『はやて13号』の中で、深町恵子を殺した。どうしても、青森に行ってもらっては困ると思ってね。その件と、七月六日の、中野の殺人事件とは、一見、関係がないように見えるが、こう考えてみれば、どうだろう？ 深町弁護士は、実は、七月十日の『はやて13号』で青森に行くことになっていて、切符も買っていた。その切符が、グリーン車の7Aではなかったんだろうか？ それを知って、今回の犯人は、その7Aのすぐ後ろの6Aの切符を、手に入れようとした。その理由は、今回殺したように、彼女の後ろの席から、はみ出た腕に青酸化合物を、注射するためだよ。ところが、七月十日の6Aの切符は、奥田豪が、というよりも、彼のことを心配していた佐々木明子が、買ってしまっていた。そこで、犯人は、なんとしてでも、その席の切符がほしくて、奥田豪を殺して、その切符を手に入れ、証拠を消すために、アパートに火を放ったのではないだろうか？　ところが、深町弁護士が手に入れたのは、七月十日の『はやて13号』のグリーン車の切符ではなく、その一週間後の七月十七日の切符だった。一週間、間違えたんだよ、犯人は。それで、あわてて、七月十七日、同じ木曜日の9号車6Aの切符を手に入れて、今回、深町恵子弁護士を、殺した。そんなことも、考えられるんじゃないかと、私は、そう思ったんだがね」

と、十津川は、いった。

6

「面白いですよ」

と、亀井が、いった。

「面白いだけかね？」

と、十津川が、苦笑した。

「大変面白いと、思いますし、警部のいわれた仮説も成り立ちます。しかし、証拠が、ありません」

と、亀井は、いやに冷静な口調で、いった。

「確かに、カメさんのいうとおりなんだ。なんの証拠もない。だが、どうしても、引っかかってね、このことに」

と、十津川は、いった。

「じゃあ、殺された深町恵子弁護士のことと、今回、彼女が引き受けた、青森の事件というのを、調べてみようじゃありませんか？　それで、何か、わかるかもしれませんよ」

と、亀井が、いった。

「そのとおりなんだ。調べてみる価値はあると、思っている」

と、十津川は、いった。

「実は、もうひとつ、疑問があるんですが？」

と、亀井が、遠慮がちに、いった。

「なんでもいってくれ、遠慮なく」

と、十津川は、うながした。

「もし警部が推理されたとおりだとしますと、犯人は、一週間、日にちを間違えた。そして、どうしても、奥田豪が手に入れた七月十日の『はやて13号』のグリーン車6Aの切符を、手に入れたくて、彼を殺したことになります」

「そのとおりだ」

「しかし、切符を、手に入れるだけならば、奥田を殺す必要は、なかったんじゃないでしょうか？　殴りつけて、切符だけを奪えば、いいんじゃないでしょうか？」

と、亀井が、きいた。

「しかしだね、奥田が、すぐ警察に訴えでもしたら、問題の切符は、差し押えられてしまって、犯人は七月十日の『はやて13号』のグリーン車には、乗れなくなってしまう。だから、どうしても、奥田豪を殺す必要が、あったんじゃないか？」

と、十津川は、いった。

「それならば、七月十日まで、奥田を、監禁しておけば、いいんじゃないでしょうか？」

と、亀井が、いった。

「監禁か」

と、十津川は、つぶやいてから、

「確かに、カメさんのいうことは、当たっているな。切符一枚を手に入れるために、人一人を殺して、そのうえ、放火までする必要はないといわれれば、カメさんのいうとおりだ」

「そんなふうに、私に賛成されては、困りますよ」

と、亀井が、笑った。

「今の件だがね。犯人に、別に、奥田豪を殺す理由があれば、いいわけだ」

と、十津川は、いった。

「そうです。今、私も、ちょっと、考えたんですが、警部のいわれたとおり、犯人は、奥田豪の持っている切符を、必要としていました。そのほかにも、奥田豪と犯人との関係が、あるのかもしれません。そうすれば、殺しまでして、切符を手に入れた理由も、はっきりしますから」

と、亀井が、いった。

「とにかく、カメさんのいうように、深町弁護士が引き受けた事件について、調べてみようじゃないか」

と、十津川は、いった。

十津川と亀井は、深町恵子が、銀座六丁目に持っている法律事務所を、訪ねてみた。

〈深町法律事務所〉と名付けられた事務所の中には、深町恵子の下で働いている、三十代の若い弁護士がいて、青森県警との電話の応対に、追われていた。

十津川たちは、その電話が終わるのを待ってから、声をかけた。

青地（あおち）という三十五歳の弁護士は、汗を拭きながら、

「とにかく、大変なことになりまして、今日、これから、私も青森に、行かなくてはならないんですよ」

と、十津川たちに向かって、いった。

「深町弁護士は、青森の大きな事件を、引き受けていたそうですが、どんな事件だったのでしょうか？」

と、十津川が、きいた。

青地弁護士は、ちょっと、困った顔で、

「簡単には、いえないのですが、実は、十和田湖の周辺の土地で、今流行り（はやり）の、大規模な不法投棄事件がありましてね。付近の住民たちが、県を訴えたんですが、ちょうどその場所が、青森県と秋田県の県境にあたっていましてね。両県とも、当事者が、なかなか責任を取ろうとしないんですよ。それで、困った住民たちが、ウチの先生に、弁護を依頼してきたわけです。そして、私と深町先生が、徹底的に、この不法投棄事件を調べましてね。それで、勝つ確証が得られたので、その書類を持って、まず、深町先生が、七月の十七日に、青森に向かったんです。私も、今朝から向かうつもりだったんですが、それが、こんなことになってしまって」

と、青地は、悔しそうに、十津川に、いった。

「不法投棄事件ですか？」

「そうです。これから、必ず多くなる事件ですからね。深町先生も、力を入れて、あたっていたんです。その業者の本社が、東京にありましてね、その会社について、徹底的に調べました。そして、会社を弾劾する書類を作って、深町先生は、十七日に、行ったのですが」

と、青地は、いった。

「その書類は、今、どうなっているんですか？」

と、亀井が、きいた。

「それが、向こうの県警の話では、見つかっていないと、いっています。スーツケースに入れて持っていったのですが、深町先生を殺した犯人が、どうやら、奪ってしまったらしいんですよ」

と、青地は、口惜しそうに、いった。

「十和田湖周辺にある土地だと、いわれましたね？」

「そうです。青森県と秋田県との県境にある土地で、その境界線が微妙なので、両県とも、責任を取ろうとしないんですよ。困った問題です」

と、青地は、いった。

そして、立ち上がると、腕時計に、目をやって、

「これからすぐ、向こうに行かなくてはならないので、これで、失礼したいのですが」

と、青地は、いった。

「そうすると、青地さんも、しばらく、向こうに行っているわけですね？」

と、十津川は、きいた。

「そうなると、思います。私が、深町先生の遺志を継いで、この事件を担当することになりますから」

と、青地は、いった。

「失礼ですが、青地さんの携帯の番号を、教えていただけませんか？　こちらから、連絡をするかもしれませんので」

と、十津川は、いった。

「それは、どういうことですか？」

と、今度は、青地が、きいた。

「実は、私たちの担当している、東京で起きた殺人事件なんですが、ひょっとすると、深町さんが担当した事件と、関係があるかもしれないんですよ」

と、十津川が、いった。

青地は、きらりと光る目で、十津川を見て、

「もし、何か、関係があるとわかったら、すぐ教えてください」

青地は、メモ用紙に、自分の携帯の番号を書いて、十津川に渡した。

7

十津川と亀井は、捜査本部に戻りながら、話をつづけた。

「これで、二つの事件が、つながる可能性が出てきましたね」

と、亀井が、いった。

「確かに、その可能性が、出てきたね。東京で殺された奥田豪の生まれたところは、十和田湖の近くで、彼の両親も、彼自身も、そこで旅館をやっていたはずなんだ。だから、ひょっとすると、カメさんが、いうとおり、二つの事件は、重なるかもしれないな。しかし、まだ、証拠がない」

と、今度は、十津川のほうが、慎重ないい方をした。

「われわれも、もう一度、青森に行く必要が、出てくるんじゃありませんか？」

と、亀井が、ちょっと先走ったいい方をした。

8

十津川は、手を回して、問題の事件について、調べることにした。大学時代の友人で、中央新聞の社会部にいる田口にも、声をかけたし、青森県警にも、話をきいた。

その結果、少しずつ、問題の事件の全体像が、見えてきた。

問題の事件は、現地では、「十和田公害事件」と呼ばれていた。

それが、表面に、現れてこなかったのは、場所が、十和田湖周辺の、秋田県と青森県の県境にあることで、そのために、両方の県が、責任逃れをしていて、現実に被害に遭っている人たちが、訴える場所がなかった、というよりも、両県が、取り合わなかったということが、わかってきた。

そこで、被害者たちは、仕方なく、弁護士の力を、求めることになったらしい。

そして、被害者たちが依頼したのが、深町恵子という、四十八歳の弁護士で、以前に公害問題で腕をふるったことがあった。それで深町弁護士の事務所に、助けを求めたということだった。

依頼を受けて、深町恵子弁護士は、青地弁護士とともに、まず、その公害を撒き散らしている会社、その会社は、東京の江東区に本社があるのだが、この会社を、徹底的に調べたらしい。

そして、勝算を得て、調べた書類を持って、七月十七日に、青森に向かった。そして、車内で殺された。これが、どうやら、この事件の本筋らしかった。

十津川は、この情報を頭に叩き込んだあと、問題の事件を起こしているNA建設という会社に、行ってみることにした。

NAのNは日本、Aはアジアという意味らしい。

9

十九日の午後、十津川と亀井は、車で、江東区の有明に、向かった。

その広大な埋立地の中に、新しいビルが、建っていて、そのビルの一階から三階までが、NA建設の本社になっていた。

警察手帳を示して、受付で、現在、十和田湖の周辺で起きている事件のことで、話をききたいと申し出ると、しばらく待たされてから、広報部長だという男が、二人を、応接室に案内した。

その男は、二人に向かって、会社のマークの入った名刺をくれた。それには、〈広報部長　松木豊(まつきゆたか)〉と書かれていた。

そして、十津川が、きく前に、

「実は、あの件については、いろいろと、中傷があって、困っているんですよ」

と、切り出した。

「中傷ですか？」

と、十津川が、いった。

「そうなんですよ。ウチの会社は、きちんと手続きを取って、土地を買い取り、そこに、無害な廃棄物を、それも、きちんと計画して、処理しています。それなのに、いろいろと、中傷する人間がいましてね。今は、中傷すると、金になりますから。現に、ウチの会社にも、金を要求してくる人間が、いるんですよ」

と、松木が、いった。

「その産業廃棄物ですが、正確に、どこに捨てているか、地図で示してもらえませんか？」

と、十津川は、いった。

「しかし、刑事さん。刑事さんは、警視庁の捜査一課でしょう？ それがどうして、産業廃棄物のことで、ウチに調べに来ているのですか？ 第一、十和田湖のことなら、警視庁とは、関係ないんじゃありませんか？」

と、松木広報部長は、眉をひそめてみせた。

その言葉で、亀井刑事が、むっとして、

「われわれは今、ある殺人事件を、捜査しているんですよ。それと、あなたのところの問題が関係しているという可能性が、出てきたんだ。だから、こうして、捜査に来たんですよ。われわれだって、何も関係ないことに、口をはさむわけがないじゃないか」

と、強い口調で、いった。

その強い調子に、松木は、ちょっとひるんだ顔になって、

「しかし、どういう関係が、あるんでしょうか？」

と、きいた。

「深町恵子という女性弁護士を、知っていますね？」

と、十津川が、いった。

「深町？ ああ。ウチが関係している問題に、口をはさんできた弁護士さんでしょう？ 一

度だけ会ったことがありますけど、それが、どうしたんですか？」

と、松木が、きいた。

「その深町弁護士が、八戸行きの新幹線『はやて13号』の中で、殺されたことも、知っていますね？」

と、十津川が、いった。

「ああ、知っていますよ。でも、ウチとは、なんの関係もない」

と、松木が、いった。

「深町弁護士は、このNA建設を調べて、裁判に有利な資料を、集めていたようですね。その深町弁護士が、その資料を持って、十和田へ行く途中で、列車の中で殺された。当然、警察としては、この会社に、疑問を持つでしょう？　そうは思いませんか？」

と、十津川は、いった。

「困りましたね。何度もいっているように、ウチの仕事は、正々堂々と、法律に基づいて、やっているものです。別に、危険なものを、捨てているわけではなく、無害なものを、それも、ウチの会社が買い取った土地に、埋め立てているだけですよ。まったく無害なんです。それなのに、どうして、裁判に負けるはずがないのに、相手方の弁護士を、殺す必要があるんですか？　それにですね」

と、松木は、いったん、言葉を切ってから、

「新聞報道では、この件は、青森の警察が調べているそうじゃありませんか？　どうして、東京の警視庁が、この事件に首を突っ込んでくるんですか？」

と、いった。

「深町弁護士が殺されたのは、七月十七日ですがね。七月六日にも、東京で、殺人事件が、起きているんですよ。殺されたのは、奥田豪という三十代の男でしてね。その男の生まれたのが、十和田なんですよ。その十和田へ、奥田豪は、七月十日に、帰ろうとしていた。新幹線『はやて13号』のグリーン車の切符を、買っていたんです。しかし、何者かが、この奥田豪を殺して、その切符を奪ってしまった。その事件を追っているんです。それと、今回の深町弁護士の事件とは、なんらかの関係があると、われわれは、にらんでいるんです。ですから、今回の深町殺しに、お宅が関係があるとすれば、当然、われわれが捜査している七月六日の殺人事件にも、お宅の会社が、絡んでくることになるんです。この理屈、わかりますか？」

と、十津川は、いった。

「困りましたね」

と、松木は、小さく、首をすくめて、

「何度もいいますが、ウチの仕事は、法律にのっとったもので、不法投棄ではないんです。危険もない。それを、ある一部の人間が騒いで、弁護士を雇って、裁判に持ち込んだんですよ。ウチが負けるはずがない。何も悪いことはしていないんですから。ですから、相手方の弁護士を、殺すなんてこともないし、東京で起きた殺人事件についても、われわれは、なんの関係もありません。疑わしいのなら、いくら調べてもらっても、かまいませんよ。何も出ませんから」

と、いった。

「それなら、さっきいった、産業廃棄物の投棄現場の地図を、見せてもらえませんか？」

と、十津川は、いった。

「いいですよ。お見せしますよ」

と、松木は、いい、すぐ、十和田湖周辺の地図を持ってきて、二人の刑事の前に広げてみせた。それには、一部に、赤い斜線が引いてあった。

「この部分が、ウチが買い取った土地です。ここに、十分な防護壁を造って、そこに、産業廃棄物を、積んでいるんです。今のところ、なんの弊害も、出ていません」

と、松木は、いった。

なるほど、その地図を見ると、斜線の部分は、秋田県と青森県の両方に、またがっていた。

「かなり広い土地ですね」

と、十津川が、いった。

「そうですよ。狭い場所に捨てれば、問題が起きますが、これだけ広くて、しかも、今もいったように、コンクリートの防護壁を造ってありますから、産業廃棄物をここに捨てても、なんの問題も、ありません。それは、県のほうも、認めているんです」

と、松木は、いった。

「その県というのは、秋田県と青森県の、両方ですか？」

「そうです。両方に、申請を出して、両方とも認められています。県の検査官も来て、これなら大丈夫だというお墨付きも、もらっているんです」

「それなのに、どうして、土地の人たちは、裁判に持ち込んだんでしょうね？」

と、亀井が、きいた。

「だから、なんの弊害もなくても騒ぐ人は、どこにもいるんですよ。弊害がなくては、金が取れない。だから、ウチの会社から、金を出させようとして、騒いでいるだけです。弁護士も、その連中に、踊らされているんです」

と、松木は、いった。

「ここの社長さんは、何という人ですか？」

と、十津川は、話を変えた。

「岸田（きしだ）といいますが。ああ、そうだ。ウチの会社のパンフレットを、お見せしましょう。これを見ていただければ、ウチが、どんなに立派な会社か、わかりますから」

と、松木はいい、そのパンフレットを、二部持ってきて、十津川と亀井に渡した。

グラビア印刷の、立派なパンフレットである。

〈日本の未来に貢献するNA建設〉

と、書かれている。

そして、事業概要のなかには、マンションの建設から、産廃の処理まで、手広くやっていることが、書かれていた。

「産廃の処理というのは、儲かるんですかね？」

と、十津川が、きくと、松木は、小さく首を、横に振って、

「まあ、あくどくやれば、儲かるでしょうがね。ウチは、厳密にきちんとやっていますから、いってみれば、ボランティアみたいなもんですよ。有名な大会社の産廃を引き受けて、ウチが処理しているんです。ですから、まあ、社会奉仕をしている、ウチのような会社は、大いに感謝されていいんですがね。ありもしない弊害を騒ぎたてる人がいて、困ったものです」

と、松木は、いった。

「あなたは、この十和田湖の近くの現地に、行ったことは、ありますか？」

と、十津川が、きいた。

「もちろん、行っていますよ。土地の買収の時も行ったし、何かあると、私が、責任者として現地に行って、話し合いに、立ち会っています」

と、松木は、いった。

「現地に行く時は、何を、使っているんですか？　飛行機ですか、それとも、新幹線ですか？」

と、亀井が、きいた。

「以前は、飛行機をよく使いましたが、新幹線の『はやて』が開通してからは、もっぱら、それを使っていますよ」

と、松木は、いってから、ちょっと、あわてた様子で、

「だからといって、今回の事件と私は、なんの関係もありません。事件当日、私は、東京に、いましたからね」

と、いった。

「深町弁護士には、一度、会ったといわれましたね？　その時の印象は、どんなものでしたか？」

と、十津川は、きいた。

「やり手の弁護士だときいていたので、どんな人かと思って、会ったんですがね。まあ、普通の弁護士さんでしたよ」

松木は、そんないい方をした。

その時、松木広報部長の携帯が、鳴った。松木は、それを取ると、

「ちょっと、失礼します」

と、十津川たちにいって、いったん、応接室を出ていった。

戻ってくると、二人に向かって、

「急用ができたので、失礼したいのですが、もう、質問は、ないでしょう？」

と、いった。

その松木の顔を、探るように見て、十津川は、

「急用というのは、どういうことですか？　よければ、教えていただけませんか？」

と、いった。

「社内の問題です。じゃあ、失礼いたします」

と、いって、松木は、応接室を、出ていった。

10

二人が捜査本部に戻ると、西本刑事が、

「さっき、佐々木明子という人から、電話がありました」

と、十津川に、いった。

十津川は、すぐ、明子の携帯に、電話をかけてみた。佐々木明子は、電話に出ると、いきなり、

「七月十七日に、新幹線『はやて13号』の中で、弁護士さんが、死んだんですってね。こちらは、もっぱら、その話で持ちきりです」

と、いった。

「そうです。新幹線『はやて13号』の中で、女性弁護士が、殺されました。その件で、何か、意見をお持ちですか？」

と、十津川は、きいた。

「気持ちが、悪いじゃありませんか？　だって、奥田豪さんが乗るはずだった『はやて13号』の車中で、一週間後に、女性弁護士さんが、殺されたんですから。偶然とは、思えないんですよ」

と、明子は、いった。

（やはり、彼女も、そう思っているのか）

と、十津川は、思いながら、

「われわれも、偶然とは、思っていませんよ」

と、いった。

「じゃあ、警察も、疑っているのね？」

と、明子が、きいた。

「今のところ、なんの証拠も、ありませんがね。どこかで、つながっていると、思っています」

と、十津川は、正直に、いった。

その後で、

「今、どこにいるんですか？」

と、きいた。

「まだ、十和田湖のそば。十和田西ホテルに泊まっているの」

と、明子が、いった。

「そちらで今、産廃の不法投棄の問題が起きているのを、知っていますか？」

と、十津川は、きいてみた。

「今日、行ったところでは、やたらに、立て看板が立っていたわ。産廃の不法投棄反対って。そのことかしら？」

と、明子が、いった。

「その騒ぎは、どんな具合なんですか？」

と、十津川は、きいた。

「観光客は、知らん顔ね。土地の人たちが、何人か、反対しているだけ。その人たちの話をきいたら、問題の場所が、秋田県と青森県に、またがっているので、なかなか、陳情がしにくいんですって」

と、明子がいった。

「その現場ですが、あなたの目から見て、不法投棄に見えますか？　何か、公害が、起きているような感じですか？」

と、十津川が、きいた。

「産廃を捨てているんだから、何も問題がないということは、ないと思うの。現実にいろいろと、起きているらしいけど、私には、はっきりしたことは、わからない。調べてほしいというのなら、調べるけど」

と、明子は、いった。

「そうですね。明日あたり、私たちも、そちらに行く予定なんですが、それまでに、何か気がついたら、注意して、見ておいてください」

と、十津川は、いった。

「変な具合」

と、明子は、いった。

「何がですか？」

「私が、警察の手伝いをするなんて、何か、変な気持ち」

と、また、明子は、いった。

「七月六日の、東京での奥田さん殺しと、七月十七日の、新幹線の中の女性弁護士殺しとは、どこかで、つながっている可能性があるんです。そして、その事件の原因が、十和田湖周辺の、産業廃棄物問題らしいんですよ。ですから、私たちも、明日そちらに行くつもりですが、素人(しろうと)のあなたの目から見て、どう映っているのか、それが知りたいのです。ですから、あなたの目で、しっかりと、見ておいてもらえませんかね？」

と、十津川は、いった。

「そうだとすると、面白がってちゃ、いけないのね」

と、明子が、ちょっと、茶化すように、いった。

「そうですね。真面目にやってください」

と、十津川も、いった。

その後で、十津川は、

「こんなこと、電話できいていいのかどうか、わかりませんが、あなたは、死んだ奥田さんのことを、どう思っているんですか？」

と、きいた。

「確かに、そんなこと、電話できくなんて、失礼だわ」

と、明子は、いった。

しかし、その後で、

「奥田さんって、いい人だったのよ。ホントにいい人だった。だから、私はこうして、十和田湖に来ているの」

とだけ、明子は、いった。

第四章　三人目の死

1

　十津川と亀井は、新幹線「はやて」に乗って、八戸に着いた。駅には、青森県警の久保田警部が、迎えに来てくれていた。

「十津川さんにいわれたので、七月十七日の『はやて13号』の車掌を確保して、八戸駅に、待機させておきましたよ」

　と、久保田警部が、いった。

「その車掌に、すぐ会いたいですね」

と、十津川は、応じた。

新しい八戸駅の駅長室で、問題の車掌が、十津川を待っていた。

五十代の車掌で、名前は、福田（ふくだ）といった。

福田は、十津川の質問に答えて、

「間違いなく、私は、七月十七日の下りの『はやて13号』に乗務しておりました。ええ、あの事件の起きた、新幹線『はやて13号』です」

と、いった。

「では、事件のことは、よく覚えていらっしゃいますね？」

と、十津川が、念を押した。

「ええ、もちろん、よく覚えておりますよ。あんな事件に遭ったのは、新幹線の車掌になって、初めてですから」

と、福田が、いった。

「くどいようですが、あの事件は、『はやて13号』のグリーン車の中で、深町という女性弁護士が殺されたんです」

「そうですよ。女性の弁護士さんが、殺されたんです」

と、福田車掌が、オウム返しに、いった。

「その深町弁護士が座っていたのが、グリーン車の7Aの席。そうですね？」

「そうです」

と、福田が、うなずいた。

「私が知りたいのは、その7Aの、すぐ後ろの、6Aの席に、どんな乗客が、乗っていたのかということなんです。覚えていらっしゃいますか？」

と、十津川が、きいた。

「こちらの刑事さんに、いわれたものですから、あの時のグリーン車の座席表を写して、持ってきています。あの日のグリーン車は、八十パーセントぐらいの乗車率で、八戸まで、運行されました。確かに、刑事さんのいわれるように、7Aの席に、深町という弁護士さんが、座っておられて、その後ろの6Aにも、乗客がいました。あれは確か、三十代の女性でしたよ。大柄な女性でした」

と、福田は、いった。

「三十代の女性というのは、間違いありませんか？」

と、亀井が、念を押した。

「間違いありませんよ。あんな事件のあったグリーン車ですからね。まだ日にちも、経っておりませんし、車掌ですから、乗客のことは、よく覚えているんです。あれは、間違いなく、三十代の女性で、ちょっと、派手な感じの顔でした」

と、福田は、いった。

「その乗客のことで、ほかに、覚えていることは、ありませんか？　どんなことでも、結構なんですが」

と、十津川は、いった。

「そうですね。今もいったように、年齢は、三十五、六歳。大柄で、色白で、ちょっとだけ、目がきつかったですかね。車内検札をした時に、顔を合わせたんですが、なかなかの美人でしたよ」

と、福田車掌は、いった。

(あの女に似ている)

と、十津川は、思った。

七月十日、事件の起きた七月十七日の一週間前、七月十日の同じ「はやて13号」で、奥田豪の切符を持って、同じ席に座っていた、女性客のことである。

あの女性客も、三十代で、ちょっと、きつい目をしていたという。

険はあるが、美人の顔だった。彼女と同じ女だろうか？

「その6Aの女性客ですが、隣りの6Bの客のことは、覚えていらっしゃいますか？」

と、十津川は、きいた。

「隣りの6Bですか？」

と、福田は、オウム返しに、いってから、

「確か、中年の男の方でしたよ。背広を着ていらっしゃって、ちょっと、サラリーマン風の、四十代の男性でした」

と、いった。

「その二人は、知り合いのように、見えましたか。それとも、まったく知らない者同士のように、見えましたか？」

と、十津川は、きいた。

「そこまでは、ちょっと、わかりませんが、しかし、東京からずっと、二人で並んで座っていらっしゃったのは、間違いありません。二人とも、終点の八戸で、お降りになりました」

と、福田は、いった。

「その二人について、ほかに、何か、覚えていませんかね？」

と、十津川は、念を押してみた。

「そうですね。今いったことぐらいしか、覚えていませんが」

と、福田が、いう。

「何か思い出したら、私か、こちらの久保田警部に、電話をください」

と、十津川は、いった。

2

その後、十津川と亀井は、久保田警部のパトカーで、八戸から、奥入瀬を通って、十和田湖に、向かった。

今日も快晴で、奥入瀬に入ると、緑がまぶしかった。

「十和田で、佐々木明子という女性が、何者かに襲われて、ケガをして入院しましたが、その件の犯人については、何かわかりましたか？」

と、車の中で、十津川が、久保田に、きいた。

「残念ながら、まだ、犯人は、見つかっていません。殴られて、入院した佐々木明子の話では、『十和田西ホテルの、営業部長の戸川という人に会うために、十和田湖の乙女の像の近くに行った時、別の男に、からまれて、殴られた』ということですが。しかし、彼女のいう、その男が、まだ見つからんのです。彼女に、似顔絵を描いてもらったんですが、その似顔絵に該当する男が、いないんですよ」

と、久保田が、残念そうに、いった。

「佐々木明子は、何のために、その戸川という営業部長に、会おうとしていたんでしょうか？」

と、十津川が、きいた。

「これも、佐々木明子の、証言なんですが、『その戸川という若い営業部長に、十和田湖の周辺を、案内してもらうつもりだった』と、そういっていますよ」

と、久保田は、いった。

「それで、戸川という営業部長のほうは、何といっているんですか？」

と、亀井が、きいた。

「戸川のほうは、『確かに、案内してほしいといわれたので、約束した時間に、湖畔に行ってみたが、その時は、もう、事件のあった後で、佐々木明子は、病院に運ばれてしまってい た』と、いっています」

と、久保田警部は、いった。

「その後、佐々木明子には、会われましたか?」

と、十津川は、きいた。

「彼女は、すでに退院してしまって、現在は、その十和田西ホテルに泊まっているんですがね。今のところ、彼女に会う必要を、感じていないので、会っていません。容疑者を逮捕したら、すぐ、彼女に、面通しをしてもらうつもりですが」

と、久保田は、いった。

佐々木明子は、入院中に、十津川と亀井にも、今、久保田警部が、いっていたようなことを、いっていた。

(自分を殴った男は、三十五、六歳の男で、この土地の人間だと思うが、初めて会った男で、名前も知らない)

と、いっていたのだ。

しかし、今、久保田の話をきくと、どうも、土地の人間ではないような気がする。

十津川は、久保田に頼んで、十和田西ホテルに、車をつけてもらった。

ホテルに着くと、十津川は、亀井と二人だけで、ロビーに入って行った。

フロントで聞くと、明子は、まだ泊まっているという。

そこで、呼んでもらうことにした。

五、六分して、佐々木明子は、エレベーターで、降りてきたが、もう、頭には、包帯を巻いていなかったし、元気そうに見えた。

小さく手を上げて、ロビーに入ってくると、十津川の前に、腰を下ろした。

「元気そうですね？」

と、十津川が、いうと、

「元気は、元気だけど」

と、いった。

「それ、どういうことですか？」

と、亀井が、きいた。

「元気だけど、思うようにいかなくて、悩んでいるの」

と、明子は、肩をすくめてみせた。

「県警にきいたんですが、あなたを殴った男は、まだ、見つからないみたいですね？」

「そうなのよ。地元の人間らしいから、すぐに、見つかると、思っていたんだけど」

と、明子は、いった。

「電話でお話しした産廃問題なんですが」

と、十津川が、いった。

「女性弁護士が殺された一件でしょう？　私も、気になったので、その産廃の捨ててある場所に、行ってみましたよ」

と、明子は、いった。

「じゃあ、これから、その場所に、案内してもらえませんか？」

と、十津川は、いった。

久保田警部とパトカーは、すでに、帰してしまっている。そこで、タクシーを呼んでもらった。

十和田の個人タクシーが来て、それに乗って、三人は、問題の場所に向かった。

山に向かって、登っていく。

低い山の中腹を、平らに削って、そこに、プレハブの事務所が建てられていた。深く掘られた巨大な穴の中は、明らかに産廃とわかる物体が、土砂で、埋め尽くされていた。

周囲には、高い塀が造られているので、中は、よくわからないが、近づくと、かすかに嫌な臭いがした。

ここまでの山道には、ところどころに、「産廃絶対反対」のノボリが、立っていた。それには、「反対同盟」の署名がしてあったから、その反対同盟の人たちが、深町という女性弁護士を、呼んだのだろう。

三人は、タクシーを降りて、プレハブの事務所に向かって、歩いていった。

「この辺りが、青森と秋田の、県境なんですか？」

と、亀井が、いった。

「そうなのよ。それで、皆さん、困っているみたい」

と、明子が、いった。

塀の中では、巨大なショベルカーが二台、運ばれてきた産廃を、穴に埋めて、その上から、土をかぶせていた。

十津川と亀井は、二階建ての事務所のガラス戸を、ノックした。

しばらく、間をおいて、小太りの男が、タバコをくわえながら出てきて、じろりと三人を睨んだ。

「反対同盟に、頼まれてきたのなら、すぐに、帰ってくれ。何も話すことは、ないんだ。俺たちは、規則どおりに、ちゃんと事業をしているんだから」

と、その男が、いった。

十津川と亀井が、警察手帳を見せると、その四十五、六歳の男は、一瞬、ひるんだような顔になって、

「どうして、東京の警察なんかが」

と、いった。

「お宅の産廃問題で、反対同盟が、東京の深町という女性弁護士を、応援に呼んだ。その弁護士が、七月十七日に、新幹線『はやて13号』の中で、毒殺されましてね」

と、十津川が、いった。

「その事件のことは、知っていますがね。まさか、その女性弁護士を、殺したのが、うちらだというんじゃないでしょうね？」

と、男は、大声を出した。

「別に、あんたらが犯人だと、いっているわけじゃないですよ。しかし、あんたらは、反対同盟や、殺された女性弁護士とは、仇同士だ。だから、殺人の動機がある。そうなれば、調べるのが、常道じゃありませんか？」

と、十津川が、いった。

「刑事さんにききますがね。うちらが、殺したという証拠でも、あるんですかね？　それに、ここで、その女性弁護士が、殺されていたというのなら、わかるけれども、新幹線の中で、殺されていたんでしょう？　うちらとは、なんの関係もない」

と、男は、いった。

「確か、ここの本社は、東京の江東区有明にあるNA建設でしたね？　そうでしょう？」

と、十津川が、きいた。

なぜか、男は、ニヤニヤ笑って、

「正確にいえば、その、NA建設の下請けですよ。ああいう会社は、うちらみたいな下請けに、こういう仕事をやらせるんだ。それに、NA建設は、ほかにも、いろいろな仕事をやっているから」

と、男は、いった。

「そうだ。あんたの名前を、きいておきましょうか」

と、亀井が、いった。

男は、ジャンパーのポケットから、名刺を取り出して、十津川と亀井に渡した。

その名刺には、確かに、NA建設ではなくて、別の会社名が書いてあり、池内昭一（いけうちしょういち）という名前が、印刷されていた。どうも、NA建設の子会社だというのは、本当らしい。

「この作業場は、過去に、何か、問題を起こしたことは、ないの？」

と、十津川が、きいた。

「別に、なんの問題も、起こしていませんよ」

と、池内が、いった。

「しかし、何も問題を起こしていないのに、反対同盟が、騒いだり、東京から、弁護士がやって来たりするはずは、ないじゃないか？」

と、亀井が、きいた。

「何も、問題を起こしていないのは、本当ですよ。だから、こうやって、事業が継続されているんです。役所からも、作業の中止命令は来ていませんしね」

と、池内が、いった。

その言葉を証明するように、四台のダンプカーが、続いて、敷地内に入ってきた。それが、一台ずつ、積んできた産廃を、放り出していく。二台のショベルカーが、それをまた、穴に埋めるのだ。

それまで黙っていた、佐々木明子が、口をはさんで、

「大雨でも、降ったら、土砂が、流れるんじゃないの？　もし、流れれば、産廃だって一緒に、流れてしまうと思うけど」

と、池内に向かって、いった。

池内は、じろりと、明子を睨んで、

「今もいったように、これまで、問題を起こしたことはないんだ。第一、きちんと、斜面に向かって、柵を造ってあるから、いくら大雨が降っても、ここから、土砂が流れることは、ないよ」

と、いった。

「そうじゃないでしょう。反対同盟の人に、きいたんだけど、二カ月前の大雨の時に、ここ

から、土砂が流れて、その中に、自動車のタイヤやテレビや洗濯機まで、流れてきたと、いっていたわ」

と、明子が、攻撃口調で、いった。

池内はまた、険しい眼で、明子を睨んで、

「あんたは、ここの人間じゃないんだろう？　観光客だろう？　そんな人間が、どうして、口をはさんでくるんだ？　なんの権利もないはずだ」

と、こちらも、攻撃口調で、いった。

3

三人は、次に、山を降りて、湖畔にある小さな土産物店に、行った。

そこが、反対同盟の事務所になっていると、きいたからである。なるほど、店の前には、大きく「産廃反対同盟」の看板が、かかっていた。

その事務所で、十津川たちは、八戸駅まで、深町弁護士を迎えに行ったという四人の男女に、会った。

四人は、十津川と亀井が東京の刑事だと知ると、勝手に勘違いして、

「やっと、警視庁も、重い腰を上げてくれたんですね」

と、嬉しそうに、いった。

十津川は、小さく、手を横に振って、

「残念ながら、あなたがたのために、ここに、来たんじゃないんですよ。私たちは、東京で起きた殺人事件の捜査の一環として、ここにやって来たんです。もちろん、七月十七日に、新幹線の中で殺された、深町弁護士のことをききたくて、皆さんに、会いに来たんです」

と、十津川は、いった。

「犯人は、わかっているんですよ」

と、四人のなかの背の高い男が、声を荒らげて、いった。

「どう、わかっているんですか？」

と、十津川が、きいた。

「あの産廃業者の連中に、決まっているじゃないですか？　連中は、深町先生に、ここに来られては困るので、列車の中で、殺したんですよ。ほかに、考えられませんよ」

と、いった。

「そこが、わからないんですよ」

と、十津川は、いった。

「どこが、わからないんですか？」

今度は、もう一人の男が、口をとがらせた。

「考えてください。今、日本全国で、同じような問題がいくつも、起きています。どのケースも揉めてはいますが、だからといって、担当した弁護士が殺されたという事件は、ないんですよ。われわれは、別に、産廃業者の肩を持つつもりは、ありませんが、深町弁護士を殺したのは、NA建設だと、簡単に決めつけるのは、どうですかね。証拠もないし」

と、十津川は、いった。

「普通なら、そうでしょうがね」

と、三人目の男が、いった。

「深町先生は、電話で、こういわれたんですよ。『NA建設をやっつけるだけの証拠をつかんだから、それを持って、七月十七日に、十和田に行く。きっと勝てるから、安心していなさい』と。だから、NA建設の奴らが、深町先生を、殺したんですよ」

「あなたたちは、それが、何だったのか、知っているんですか？」

と、亀井が、きいた。

四人のなかの、三木綾子という女性が、

「先生は、『それは、会ってから見せる』と、いわれたので、まだ、見ていないんですよ」

と、残念そうに、いった。

「それだけで、NA建設の人間が犯人とは、決められませんね」

と、亀井が、冷静な口調で、いった。

「しかし、深町先生は、この十和田に来る途中で、殺されたんですよ。それも、産廃問題の大きな反証を、持って来たんです。そうなると、犯人は、NA建設の人間以外に、考えられないじゃないですか？」

と、綾子が、いった。

「もちろん、その証拠というものがあれば、われわれだって、NA建設を、犯人だと思いますよ。しかし、それがないんじゃ、どうしようもない」

と、亀井が、いった。

男たちの中の、和田（わだ）というリーダー格の男が、拳で、ドンと、机を叩いて、

「それなら、警察が、証拠を捜してくださいよ！　深町先生を殺した犯人を、捕まえてくださいよ！」

と、叫んだ。

「そのためには、いろいろと、話をきかなくてはなりません」

と、十津川が、四人の男女を見回して、いった。

「問題の土地に、NA建設が、産廃を投棄する作業場を造ったのは、いつごろのことなんですか？」

と、十津川が、きいた。

「三年前からです。最初は、産廃の投棄場所なんて、知らなかった。あそこに、養鶏場が建設されるという話だったんですよ」

と、大井という小柄な男が、いった。

「養鶏場ですか？」

と、亀井が、いう。

「そうなんですよ。あそこに、一万羽ぐらいの鶏を飼う養鶏場ができるという話だったんです。ところが、高い塀で囲まれた中に、いつの間にか穴が掘られて、産廃が、運び込まれてきたんです」

と、河野という男が、いった。

「それで、皆さんは、当然、抗議されたんですね？」

「そうですよ。もちろん、抗議しましたよ。うちだけじゃない。大雨が降って、あそこから、土砂が流れてくれば、この辺の飲み水が、汚染されるし、第一、十和田湖自体が、汚染されてしまう。だから、抗議したんです。しかし、向こうは、安全だというばかりで、こちらのいうことをきかないし、青森県と秋田県にまたがっているから、どちらの県も、なかなか動いてくれない」

と、河野は、悔しそうに、いった。

「あの辺の土地は、もともと、誰のものだったんですか？」

と、亀井が、きいた。

「あの辺は、土地の権利自体が、複雑に交錯しているから、地主が、何人も、いるんですよ。そのなかの、いちばん大きな地主が、NA建設に売ってしまったから、あんなものが、できたんですよ」

と、和田が、いった。

「その大地主というのは？」

と、十津川が、きいた。

「古くから、この辺りにたくさん土地を持っている、中村(なかむら)という人なんですけどね。その人が、去年死んでしまったので、土地を売買した当時のことが、よくわからないんですよ。それも、問題を、難しくしているんです」

と、和田が、いった。

「その中村という大地主も、あそこには、養鶏場ができるものと信じて、土地を売ったということですか？」

と、十津川は、きいた。

「そうだと思いますがね。今もいったように、中村さんが、死んでしまったので、詳しいことがわからんのです」

と、大井が、いった。

「二カ月前に、大雨が降って、あそこから、土砂が流出したというのは、本当なんですか?」

と、十津川が、きいた。

「そうですよ。その時、必死になって、抗議しているんです。今度、大雨が降れば、もっと多くの土砂に混じった産廃が、流れ出しますからね」

と、河野が、いった。

「深町弁護士が殺された件に戻りますが、本当に、深町弁護士は、あなた方に、『NA建設に関して、裁判で勝てる証拠をつかんだ』と、電話で、いったんですね? 少しくどいようですが」

と、十津川は、いった。

「私もきいたし、みんな、きいたんです。それで喜んで、八戸駅まで、迎えに行ったんですよ」

と、和田が、いった。

「深町弁護士ですが、ここに、以前に、来たことが、あるんですか?」

と、十津川が、きいた。

「先生に弁護を頼みに行ったあと、二度、ここに、来ていただきました。ですから、今度が三度目になるはずでした」

「すると、二回来た時に、何か、証拠をつかんだということですかね？」

「いや、それはないと思います。その時は、何も、おっしゃいませんでしたから」

と、三木綾子は、いった。

「とすると、深町弁護士は、東京で、皆さんの期待するような証拠を、つかんだことになってくる。そうなりますよね？」

と、十津川が、四人の顔を見た。

「そうでしょうね」

と、四人も、うなずく。

「しかし、おかしいな」

と、十津川が、首を傾げた。

「何が、おかしいんですか？」

と、河野が、十津川を見た。

「皆さんは、ここにおられる。つまり、現場に、おられるんです。それでも、あなたがたは、NA建設をやっつけるだけの証拠をつかんでいない。そうでしょう？」

「残念ながら、そうです」

と、和田が、うなずいた。

「それなのに、深町弁護士が、遠く離れた東京で、NA建設をやっつけるだけの証拠を、つかんだという。そんなことが、あり得るでしょうか？」

と、十津川が、いった。

「それはですね」

と、大井が、いった。

「NA建設の本社は、東京にあるんです。それに、NA建設が、産廃を扱っているのは、ここだけじゃない。ほかでも、捨てているに決まっているんです。そういうところで、深町先生は、何か、証拠を、つかんだのではありませんか？」

十津川は、江東区有明にある、NA建設の本社で、松木という広報部長に会った時のことを、思い出した。

あの時、松木は、最初、自信満々に見えたが、最後になって、電話がかかってくると、あわてて、どこかへ、出かけていった。そのことを、十津川は、思い出したのだ。

ひょっとすると、松木という広報部長も、電話のあと、この十和田に、来ているのではないだろうか？

「皆さんは、当然、NA建設の人間と会って、話をされたんでしょう？」

と、十津川が、きいた。

「ええ。NA建設から、お偉いさんが来て、話し合いましたよ」

と、和田が、いった。

「その時、松木豊という広報部長は、来ませんでしたか?」

と、十津川は、きいた。

四人の男女は、顔を見合わせてから、和田が、ポケットから名刺を、何枚か取り出して、そのうちの一枚を、十津川に、見せた。

「それは、たぶん、この人だと、思いますね。ここにちゃんと〈広報部長　松木豊〉と、書いてある」

と、和田は、いった。

「皆さんは、その時、松木という広報部長に、どんな感じを、持ちましたか?」

と、十津川が、きいた。

「NA建設というのは、民間の会社だけど、何か、官僚みたいな感じだったな」

と、大井が、いった。

「東京の深町弁護士の事務所には、青地という若手の弁護士がいるんですが、その人は、まだ、こちらには、来ていませんか?」

と、十津川が、きいた。

「その人なら、明日、会うことになっています」

と、河野が、いった。

「電話連絡が、あったんですね?」

「そうです。明日、こちらに来るという連絡が、電話でありました。ですから、楽しみにして、待っているんですよ。ひょっとすると、青地さんが、深町先生のつかんだという証拠を、持ってくるかもしれませんからね」

と、和田は、いった。

「NA建設の社長がどういう人か、知っていますか？」

と、亀井が、きいた。

四人の男女は、また、顔を見合わせていたが、和田が、

「確か、社長は、岸田完という、六十歳の男だと、きいています。まだ、会ったことがないんですよ。会いたいと思ってはいるんですが、なかなか、社長は出てこなくて、今も話した松木という広報部長が、出てくるんです」

と、いった。

「社長の名前は、岸田完ですか？　岸田完か」

と、十津川が、つぶやくと、亀井が、横から、

「岸田という代議士がいますよ。同一人物じゃありませんか？」

と、いった。

十津川は、四人に向かって、

「今、亀井刑事が、岸田完というのは、代議士ではないか、というんですが、その点は、ど

うですか？　何か、知りませんか？」

「そういえば、地元選出の代議士のなかに、岸田という人が、いましたよ」

と、三木綾子が、いった。

それをきいて、大井が、腹立たしげに、

「もし、岸田という社長が代議士なら、よけい、けしからんじゃないですか？　政治家が、こんなことをして」

と、怒鳴るように、いった。

4

その日、十津川と亀井も、十和田西ホテルに泊まり、そのホテルのレストランで、佐々木明子と、夕食をともにした。

「今日は、あなたに、夕食を奢りますよ」

と、十津川は、いった。

明子は、笑って、

「どういう風の吹き回しかしら。刑事さんが、奢ってくれるなんて」

「その代わり、いろいろと、質問に答えていただきたいのですよ」

と、十津川は、いった。

「質問に答えるといっても、私は、産廃事件については、何も知りませんよ」

と、明子が、いった。

食事が、進んでいく。

「私が知りたいのは、奥田豪という男のことですよ。彼について、あなたは、どのくらい知っているんですか？」

と、きいた。

「奥田さんは、私の店に、よく、お酒を飲みに来た。それだけの話。小さな飲み屋の女将(おかみ)と、そのお客。それだけの話ですよ」

と、明子は、いった。

「それだけとは、思えませんけどね」

と、十津川が、いった。

「あなたが、それだけで、わざわざ、奥田豪の遺骨を持って、十和田湖に来たとは、思えないし、あなたは、十和田湖で、いろいろな人に会って、話をきいている。そんなあなたに、何者かが、危険を感じて、あなたを殴って気絶させたんだと、思いますね。だから、あなたが何を知っているのか、それを正直に話してくれませんか？　それが、深町という女性弁護士が殺された事件とも、関係があるかもしれないんです」

明子は、箸を止めずに、

「それは、あり得ないわ」

と、そっけなく、いった。

「どうして、あり得ないんですか?」

と、横から、亀井が、きいた。

「今もいったように、奥田さんは、私の店に、何回か、飲みに来たから、彼のことは、ある程度知っていますよ。でも、七月十七日に殺された、深町という女性弁護士さんについては、会ったこともないし、何も、知らないの。これは、ウソじゃないわ。もうひとつ、十和田湖の近くの山の上で、産廃が投棄されているという話も、こちらに来て、初めて、きいたんですからね」

と、明子が、いった。

「しかし、私は、いろいろと、きいていますよ」

と、十津川は、箸を置いて、いった。

「あなたは、十和田に来て、足立という個人タクシーの運転手を、脅したんじゃありませんか? そんな話も、きいているし、このホテルでも、戸川という社長について、いろいろときいたり、その息子の営業部長にも、進んで、話しかけている。これは、どういうことなんですか？　正直に話してくれませんか？」

と、十津川は、いった。

明子は、当惑した表情で、

「警部さんの話は、よくわからないわね。確かに、青森に着いてから、タクシーの運転手さんに、いろいろと話をききましたよ。でも、それは、十和田について、よく知らないから、きいたんだし、それに、戸川という部長さんのことだって、ホテルのロビーで、私がスカートに、コーヒーをかけてしまったのに、何もしてくれなかったから、それで、怒ったんですよ。すると、あわてて、戸川という営業部長さんが、出てきたの。それだけの話。別に、この社長に用があったわけじゃないし、個人タクシーの運転手にも、別に、用はなかったわ」

と、いった。

「本当に、それだけですか？」

と、十津川が、じっと、明子を見た。

「もちろん、それだけ」

と、明子が、いい返した。

「ところで、奥田豪の遺骨は、どうなったんですか？」

と、亀井が、きいた。

「あれは、このホテルの私の部屋に、置いてあるわ。奥田さんの先祖のお墓があるお寺がわかれば、そこに、納骨するつもりだけど、まだ、わからないの」

と、明子は、いった。

5

翌朝早く、青地弁護士が、十和田にやって来て、十津川たちは、彼に会った。

十津川たちは、十和田湖の乙女の像の近くのレストランで、青地弁護士に会った。

昼食をとりながらの、話し合いになった。

まず最初に、十津川は、当然のこととして、深町恵子弁護士が、反対同盟の人間に電話した時に、いったという、NA建設を潰すだけの証拠というものを、知っているかどうか、青地に、きいた。

青地は、当惑した表情になって、

「それについては、反対同盟の人にも、電話で、きかれたんですが、深町先生が、そうしたものを、持っていたということを、私は、知らないんですよ。確かに、深町先生は、十和田の産廃問題についての裁判で、必ず勝てると、自信満々に、おっしゃっていましたが、今、十津川さんが、いわれた、証拠というものについては、私は、何も、きいていません。これは、本当です」

と、青地は、いった。

「七月十七日ですが、なぜ、あなたは、深町弁護士と一緒に、来られなかったんですか？」

と、十津川が、きいた。

「それは、私のほうに、どうしてもはずせない用事があったからですよ。もちろん、私も、後から来ることになっていました。もし、あの時、同行していれば、深町先生が殺されるのを、防ぐことができたと、残念で仕方がありません」

と、青地は、いった。

「あなたは、確か、亡くなった深町弁護士の後を継いで、この事件を、引き受けるんでしたね？」

と、十津川が、きいた。

「ええ。これに、全力を尽くすつもりです」

と、青地は、きっぱりと、いった。

「勝算は、ありますか？」

と、明子が、きいた。

「今のところ、はっきりと、勝てるとは、いえませんが、しかし、悪いのは向こうなんですから、絶対に、勝てるはずです」

と、青地は、いった。

「ＮＡ建設の本社に行かれたことは、ありますか？」

と、十津川が、きいた。

「一度、深町先生と一緒に、有明の本社に、行ったことがありますよ。そこで、責任者に会って、いろいろと、話をききました」

と、青地が、いう。

「その相手というのは、松木豊という広報部長じゃありませんか？」

と、十津川が、きいた。

「確か、その松木さんです」

「ＮＡ建設の社長は、岸田完という、六十歳の人間なんですが、この岸田という人は、地元選出の代議士じゃありませんか？」

と、亀井が、きいた。

「よくご存じですね」

と、青地が、微笑した。

やはり、亀井が、いったように、ＮＡ建設社長の岸田は、現職の代議士なのだ。

「この岸田という代議士に、会ったことは、ありますか？」

と、十津川は、きいた。

「私は、ありませんが、深町先生は、今回の事件を引き受けてから、一度、議員会館へ、岸田完に、会いに行ったはずですよ」

と、青地は、いった。

殺された深町恵子弁護士は、NA建設の社長が、岸田という代議士であることを、知っていたのだ。

「あなた一人で、この裁判を、引き受けるわけでは、ないでしょう？ ほかにも、何人か、弁護士が、つくんでしょう？」

と、佐々木明子が、きいた。

「もちろん、私以外に、三人の弁護士が、つきます」

と、青地が、笑った。

「それを、きいて、安心したわ」

と、明子が、いった。

「これから、どうなさるの？」

と、明子が、続けて、きいた。

青地は、手を止めて、

「これから、まっすぐ、問題の産廃処理場に、行ってみようと思っています。反対同盟の人たちも、そこで、一緒に会いたいと、電話で、いっていましたから」

と、いった。

それに、十津川たちも、同行することにした。

食事が終わってから、二台のタクシーを連ねるようにして、青地弁護士と、十津川と亀井、それに、佐々木明子が、産廃処理場に、向かった。

タクシーが近づくと、驚いたことに、プレハブの事務所のそばには、木造の大きな建物を造ろうと、何人もの作業員が集まっていた。

どうやら、昨日、十津川たちが帰ってから、突貫工事で、作業が始まったらしい。じっと見ると、それは、鶏小屋か、豚小屋のように、見えた。

「NA建設があわてて、鶏小屋を、造っているんじゃありませんか？　おそらく、反対同盟から、約束が違うと、非難されるのを恐れて、計画にあった鶏小屋を、あわてて造っているんですよ」

と、亀井が、いった。

「カメさんの、いうとおりらしいな」

と、十津川も、うなずいた。

すでに、鶏小屋の半分ぐらいは、できあがっていて、十津川たちが見ている前で、大きなトラックに積まれて、何百羽もの鶏が、運ばれてきた。それを、できあがったばかりの小屋に、移していく。やたらに、けたたましい。

十津川たちが、事務所に入っていくと、そこには、昨日の池内という男のほかに、あの松木豊という広報部長が、顔を見せていた。

「また、お会いしましたね」

と、十津川が、声をかけると、松木は、額の汗を、拭きながら、

「ここは、もともと、鶏小屋を造って、鶏を飼うことになっていたんです。それで、こうやって、現在、鶏小屋を造っているんです。そうなれば、反対同盟の方々も、安心なさるんじゃありませんかね？」

と、松木は、いった。

十津川が、有明の本社に行った時、松木は、どこからか、電話を受けて、あわてて、出ていった。

あの電話は、おそらく、池内からのもので、産廃問題が、やかましくなった。だから、最初の計画どおり、この場所に、鶏小屋を、造っておこうじゃないか。そういう連絡が、あったのではないのか。

それで、あわてて、松木広報部長は、ここに鶏小屋を造るために、走りまわったのだろう。

「しかし、産廃を埋める穴は、ちっとも、小さくなっていませんね？」

と、十津川は、皮肉を利かせて、いった。

松木は、苦笑して、

「将来は、鶏小屋だけにしますが、今は、このとおり、産廃が埋まっていますから、その管理も、していますよ」

と、いった。

「私も、前に、あなたに、会ったことがありますね？」

と、青地弁護士が、口をはさんで、

「あの時、二カ月前に起きた土砂災害について、お話をしたのですが、今でも、責任はないと、思われていますか？」

と、きいた。

松木は、顔を赤くして、

「あれは、天災でしてね。あれだけの雨が降れば、鶏小屋があれば、鶏小屋が、流れてしまうし、しっかりと、柵を造っておいた土砂だって、流れてしまうんですよ。それだって、われわれは、最小限度に、被害を、食い止めています。反対同盟の方には、流れた土砂は回収しますと、約束しているんですよ。それ以上のことが、何か、できると、思われるんですか？」

と、青地を睨むようにして、いった。

「しかしですね。二カ月前の、大雨で流れた土砂の中には、自動車のタイヤや、自動車の部品、それに、冷蔵庫やテレビの部品まで、入っていたんです。そうしたものが流れてくれば、明らかに、人災じゃありませんか？　それについては、責任を取ろうというお考えは、ないのですか？」

と、青地が、弁護士の口調で、きいた。

「もちろん、県から指示があれば、その指示に、従いますよ。しかし、今のところ、県からは、なんの指示も、ありません」

と、松木は、いった。

「それは、この土地が、青森県と秋田県の両方に、またがっているから、どちらの県も、及び腰になっているんですよ。それに、NA建設の社長さんは、地元の代議士さんだ。だから、どうしても、県の役人たちの腰も、引けてしまうんです。しかし、ここから、産廃が流れ出したことは、間違いないんです。麓の人たちは、大迷惑を被っている。ヘタをすれば、十和田湖まで、汚染されてしまう。そのことについて、あなたもですが、岸田社長は、どう思っておられるんですかね？」

と、青地が、まくしたてるように、いった。

松木は、小さく首を振って、

「ですから、何度も、いっているじゃありませんか？　県から、指示があれば、われわれの手で、流れた土砂は、回収しますよ。しかし、今のところ、あの時の土砂の流出は、天災であって、ウチには、なんの責任もない。だから、何もしないでいるんですよ。その辺のところは、よく、おわかりになっていらっしゃると、思っていたのですがね」

と、いった。

「あれは、たんなる土砂じゃありませんよ。今もいったように、自動車のタイヤが土砂の中にあったし、自動車の部品もあった。冷蔵庫の部品、壊れたテレビまでも、あの中に混じっていたんです。あれは、明らかに産業廃棄物で、また、大雨が降れば、また産廃が、流れ出てしまう。だから、誰もが心配しているんです。当然でしょう？　もし、また大雨が降って、ここから産廃が流れ出せば、今度は、飲料水が汚染されてしまうかもしれないし、十和田湖も、汚染されてしまう。そうなったら、美しい湖は、死んでしまうんですよ。お宅の社長は、国民の信託を受けた代議士でしょう？　そんな代議士が社長をやっている建設会社が、産廃を流して、どうするんですか？」

と、青地は、いった。

「その件については、何度もいいますがね。われわれは、何もしないと、いっているわけじゃないんですよ。県の指示さえあれば、喜んで、その指示に従うと、いっているんです。もちろん、ウチの社長も、そのつもりでおりますよ。ところが、なにぶんにも、県の指示がない。これじゃあ、動きが、とれないじゃありませんか？」

と、松木部長は、いった。

こうしている間にも、近くでは、作業員たちが集まって、鶏小屋を造り続けていた。

(明らかに、これは、カモフラージュだ)

と、十津川は、思った。

議論は、延々と続いたが、最後まで、松木広報部長は、自分たちの過失を認めずに、終わってしまった。

その日の夜遅く、十和田湖で、男の水死体が揚がっていた。

6

朝になってから、その水死体は、発見された。

場所は、休屋の近くで、死んでいたのは、足立秀雄という、個人タクシーの運転手だった。

足立は、休屋にあるボート小屋から、夜釣りのためのボートを借りて、湖に出ていったことが、わかった。

彼が乗ったボートは、転覆して、湖の上で発見されたから、誰もが、ボートが転覆したために、足立秀雄という六十歳の運転手は、水死したに違いないと考えた。

足立の水死体が発見されてから、十五分後に、十津川たちや、久保田警部たちが、湖岸に駆けつけた。その時、足立の死体は、すでに、湖岸に引き上げられていた。

そばには、佐々木明子もいて、足立の死体を見て、顔色を変えた。

十津川は、そんな明子に向かって、

「あの運転手さん、確か、足立さんですね？　あなたが、いろいろと、話しかけた人だ」

と、小声で、いった。

明子は、黙って、うなずいた。

県警の検死官が、死体を調べてから、久保田警部に向かって、

「明らかに、水死ですね。溺死（できし）に間違いありませんよ」

と、いった。

「死んだのは、何時ごろですか？」

と、久保田警部が、きく。

「おそらく、昨夜の十時から十一時ごろの間だと思いますね」

と、検死官が、いった。

足立がボートを借りたのは、昨日の午後九時ごろだというから、それから、一時間ぐらいして、湖に落ちて、死んだということになる。

しかし、十津川には、これが、たんなる水死とは、どうしても、思えなかった。

第五章　愛について

1

湖畔にあるカフェで、十津川と亀井は、佐々木明子と、向かい合っていた。

三人の間に置かれたコーヒーには、誰も、手をつけていなかった。

「そろそろ、何もかも、話してくださっても、いいんじゃありませんか？」

と、十津川が、改まった口調で、明子に、声をかけた。

「何もかもって、それは、どういうことでしょうか？」

と、明子が、硬い口調で、きき返した。

「あなたと、死んだ奥田豪さんとの、関係ですよ。あなたは、以前、私にこういいましたね。奥田さんがいい人だったので、彼の遺骨を生まれ故郷の十和田に、持っていってあげたかった。それで、十和田に来ただけだと。しかし、今、あなたが声をかけた、足立というタクシーの運転手が、死んでしまった。県警は、たんなる水死だと、いっていましたが、私には、どう見ても、そうとは思えない。殺されたんですよ。何者かが、足立という運転手を、ボートに乗せて、十和田湖に漕ぎ出していき、彼を水死させたんです。これは、明らかに、殺人ですよ」

と、十津川が、いった。

「でも、証拠は、ないんでしょう？」

と、明子が、いった。

「証拠は、ありません。しかし、あなただって、足立運転手が、夜釣りに行って、溺死したなんて、思っていないんじゃありませんか？　間違いなく、そのはずですよ。足立運転手は、あなたがここに来て、声をかけて、いろいろと話をしたから、誰かに、殺されたんです」

「警部さんは、どうして、そう、決めつけるのかしら？」

と、明子が、不満そうに、いった。

「しかし、われわれは、そう思っています。あなたが、ここに来たおかげで、人が死んだり、人が騒いだりしているんです。これ以上、死人を、出したくはないでしょう？　それに、あなただって、狙われている。十和田湖の湖畔で、何者かに殴られて、入院したじゃありませんか？　つまり、あなたがここに来たことが、こういった事件を、いろいろと、引き起こしているんですよ」

と、十津川は、いった。

「それは、ちょっと、いい過ぎじゃありません？」

「いや、いい過ぎじゃない。あなたが、この十和田に、事件を持ち込んだんです。だから、われわれに、すべて話してください。奥田豪が、いい人だったから、ここに、彼の遺骨を、持ってきた。それだけじゃないんでしょう？　何かほかに、理由があるはずですよ。それを話してもらいたいんです。そうしないと、われわれには、これから起こるかもしれない事件を、防ぐことができません。あなたを、守ることもできない」

と、十津川は、いった。

「別に私は、守っていただかなくても、結構ですけど」

と、明子が、反発するように、いった。

「とにかく、今のままでは、また死人が、出ますよ。われわれは、なんとかして、それを、防ぎたいんです。だから、あなたと、奥田豪との間に、いったい何があったのか、なぜ、あなたは、この十和田に来たのか、その本当の理由を、教えてください」

と、十津川は、迫った。

「あの人は」

と、いってから、明子は、じっと考える目になった。

「あの人が、どうしたんです？」

と、十津川が、先をうながした。

「あの人は、私に、結婚してくれと、いったんですよ」

と、明子は、いった。

「奥田さんが、あなたに、結婚してくれと、いったんですか？」

「そうなの。ある晩、一人で、店に来て、ひどく真面目な顔をして、私に、いったんですよ。結婚してくれって」

「嬉しかったですか？」

と、亀井が、きいた。

「びっくりしたけど、同時に、嬉しかった。だって、私は、あと二年で、六十歳になるんですよ」

「それで、あなたは、オーケイをしたんですか？」

と、十津川が、きいた。

「嬉しかったけど、一応、少し考えさせてくれと、いったの。だって、私は、あの人が、どんな人か、よく知らなかったし」

と、明子が、いう。

「それから、どうなりましたか？」

と、十津川が、きいた。

「それから、あの人は、いろいろと、自分のことを、私に話してくれたの。自分のことを、すべて知ってほしいといって。十和田の生まれだとか、それから、十和田湖の近くで、小さな旅館をやっていたとか、いろいろとね」

と、明子は、いった。

「ほかに、奥田さんが、何か話したことは、ありませんか？」

と、十津川は、いった。

「ある時、話をしている途中で、あの人が、これをくれたわ」

と、いって、明子は、ハンドバッグから、大事そうに、古めかしい書きものを取り出して、十津川に見せた。

それは、古い家系図だった。奥田家の家系図である。

それを見ると、奥田家というのは、この十和田周辺では、古くからつづく名家だったらしい。だから、昔から、このあたりに、土地を持っていたのだろう。

「あの人の話では、奥田家というのは、この十和田の周辺では、代々続いた名家なんですって。あの人は、それがとても自慢だったらしいの。あの人の父親の代までは、一応、名家としての威厳を保っていたらしいんだけど、あの人の代になって、やっていた旅館が、潰れてしまったりして、威厳も何も、なくなってしまった。そのことを、あの人は、とても恥ずかしがっていたわ」

と、明子は、いった。

「奥田さんは、十和田での事業に失敗して、東京に来たことになっているんですが、そのことについては、何か、いっていませんでしたか？」

と、十津川が、きいた。

「あの人は、あまり、愚痴をいわない人なんだけど、ある時、こんなことを、いっていた。誰かに騙（だま）された。ある人間に騙されて、自分は、郷里の十和田を捨てて、東京に出てきたんだと、いっていたわ」

「誰かに騙されたんですか？　その人間の名前は、いっていませんでしたか？」

と、十津川が、きいた。

「はっきりとはいわなかったけど、その時、もし自分が、郷里の十和田に帰ることがあれば、会って、いろいろと、話をききたい人間がいる。そう、いっていたわね」

「そのなかに、足立というタクシーの運転手も、いたんですね？」

と、十津川が、きいた。

「そうなの。十和田に帰ったら、まず、十和田西ホテルに、行ってみたい。あそこの社長や、若い営業部長に、会ってみたい。そんな話をしていたわ。それに、足立という個人タクシーの運転手のこともね」

と、明子は、いった。

「奥田さんは、どんなふうに、話していたんですか？　その三人に騙されたとか？」

と、十津川が、きいた。

「それは、いわないの。ただ、久しぶりに、郷里に帰るようなことがあったら、今いったような人たちに会って、いろいろと、話をしたい。そういっていただけ。私も、あの人の遺骨を持って、十和田に来てから、十和田西ホテルに行って、戸川社長のことをきいたり、営業部長に、会ったりしたのよ。それから、十和田の案内を頼むのに、足立という個人タクシーの運転手に、頼んだりしたわけ」

と、明子は、いった。

「じゃあ、十和田西ホテルで、あなたが、服にコーヒーをかけてしまって、その文句を、戸川という営業部長にいったというのは、あれは、本当の話じゃなかったんですね？」

と、亀井が、きいた。

「私の服に、コーヒーをかけてしまったのは、本当だけど、それは、わざとやったことよ。何か、きっかけをつかもうと、思ってね」

と、明子は、正直に、いった。

「その結果、あなたは、戸川営業部長を十和田湖の湖畔で待っていて、誰かに、殴られたんですね？」

と、十津川は、きいた。

「そうなるかしら」

「それから、今度は、あなたが話しかけた、足立という個人タクシーの運転手が、湖で、殺されてしまった」

「そうなるのかしらね」

と、明子は、また、はぐらかすように、いった。

「奥田さんは、この十和田の産廃問題や、NA建設については、あなたに、何もいっていなかったんですか？」

と、十津川が、きいた。

「それについては、あの人からは、何もきいていないわ」

と、明子が、いった。

2

明子は、やっと、コーヒーに手を伸ばしてから、

「今度は、私のほうから、警部さんに、ききたいんだけど」

と、いった。

「どんなことですか？　答えられる範囲のことならば、お答えしますよ」

と、十津川が、いった。

「あの人は、どうして殺されたのか。そのことを、ききたいの。警察は、殺された理由について、何か、考えているんでしょう？」

と、明子が、いった。

「あなたは、どう思っているんですか？」

と、十津川は、逆に、きいた。

「あの人は、七月十日の『はやて13号』のグリーン車の切符を、持っていた。私が買ってあげたものね。そのために、あの人は、殺されてしまったんでしょう？」

と、明子は、いう。

「今のところ、そう考えられています」

「ということは、犯人は、グリーン車の切符が欲しくて、あの人を、殺したことになるじゃないの？　でも、それは、おかしいわ。犯人は、切符が欲しいだけならば、あの人を、殴って気絶させて、切符だけを、奪えばいいじゃないの？　それなのに、どうして、殺したりするの？　その理由が、わからないわ」

と、明子は、いった。

「われわれ刑事の間でも、同じ疑問が持たれていますよ」

と、十津川が、いった。

「そうでしょうね。たった一枚の切符を奪うために、殺すなんて、おかしいもの。犯人は、あの人のことを知っていて、殺したとしか思えない。でも、犯人は、『はやて13号』の切符を奪うために、殺したんでしょう？　その点を、十津川さんは、どう思っているの？」

と、明子は、きいた。

「私は、ひとつだけ考えたことがありますが、それが正しいかどうかは、正直いって、わかりません」

と、十津川は、いった。

「かまわないから、その話を、きかせて」

と、明子が、いった。

「私は、こんなふうに、考えたことがあるんです。犯人は、どうしても、七月十日の『はやて13号』のグリーン車の切符が、欲しかった。それはつまり、東京から八戸に行く、深町恵子という女性弁護士を、グリーン車の中で、殺したいと思っていたからです。結果的に、犯人は、一週間、間違えたんですが、とにかく、深町恵子が、七月十日の『はやて13号』のグリーン車に乗ると、思い込んでいて、なんとしてでも、奥田さんが持っていたグリーン車6Aの切符が欲しかった。おそらく、犯人は、その切符を、買いに行ったところ、一足先に買ってしまった人がいた。それが、あなたですよ。そして、あなたは、その切符を、奥田さんに渡した。犯人は、その切符が欲しくて、奥田さんに近づいたんです。その時点で、犯人は、これも、たぶんですが、奥田さんを殺そうという気はなくて、彼を殴って気絶させて、切符を奪おうとしたんだと、思います。ところが、奥田さんに接近して初めて、切符の持ち主が奥田という人間だということに、気がついたんじゃありませんかね。そして、奥田さんを殺してしまった。そういうことではないかと、私は思ったんですがね」

と、十津川は、いった。

「そこのところが、まだよくわからないんだけど、犯人は、切符の持ち主が、奥田さんだとわかった。しかし、その時点では、奥田さんが何者か、知らなかった。しかし、切符を奪う段になって、あの人の顔を見て、急に、殺さなければならないと、そう思ったというわけ？そうなのね」

と、明子が、いった。

「私は、そんなふうに、考えたことがあります」

と、十津川が、いった。

「まだはっきりしないんだけど、こういうことかしら。あの人は、三年前、故郷の十和田を、追われるようにして、上京した。だから、あの人を、十和田から追い出した人がいるわけ。その人間が、今度は、他人の持っている切符が、必要になって、接近したところ、自分が三年前に、十和田から追い出した奥田さんだと、気がついた。だから、顔を見られて、殺さざるを得なくなった。そういうことね？」

と、明子は、重ねて、きいた。

十津川は、うなずいて、

「そんなふうに考えたことがあります。しかし、証拠は、ありません」

と、慎重に、いった。

「でも、あの人は、三年前に、自分を十和田から追い出した人のことについて、あまり話さなかった。話してくれたのは、十和田西ホテルの社長や、営業部長や、それから、足立という個人タクシーの運転手のことだけだった。だから、逆にいうと、あのホテルの社長や、営業部長や、足立という運転手のうちの誰かが、あの人を、殺したということになるのかしら？」

と、明子が、いった。

「本当に、その三人のことしか、奥田さんは、話さなかったんですか？」

と、十津川は、きいた。

「私が覚えているのは、その三人の話。そして、私は、その三人に会って、殴られたり、その話し相手が死んだりしているの。だから、あの人が、話したことは、本当だったんだと、思っているけど」

と、明子は、いった。

「もう一度ききますが、奥田さんは、産廃問題やNA建設のことは、話さなかったんですか？」

と、十津川は、重ねて、きいた。

「ひょっとすると、話したかもしれないけれど、私はそれを、覚えていないの」

と、明子は、いった。

3

足立運転手の水死は、事故死として、片付けられそうな気配だった。

地元の警察は、足立運転手が、夜釣りでボートを十和田湖に出し、何かの拍子に、ボートから湖に落ちて、死んだのだろう。そういう解釈だった。

新聞やテレビも、そんな地元警察の発表を、そのまま受けて、報道していた。

それに対して、十津川たちは、別に、異議は唱えなかった。

十津川は、足立運転手の死は殺人だと、確信していたが、証拠が、なかった。

証拠のないことで、地元の警察やマスコミに文句をいっても、仕方がないだろう。とにかく、すべてが、明らかになれば、その時に、発表すればいいことだと、十津川は考えたのである。

十津川と亀井は、明子と別れて、いったん、十和田西ホテルに、戻った。そのロビーで、もう一度、事件について、話し合った。

「佐々木明子の疑問は、私も、もっともだと思いましたよ」

と、亀井が、いった。

「犯人は、なぜ、奥田豪を殺したのかという疑問かね？」

と、十津川が、いった。

「そうです。私にも、なぜ、犯人は、グリーン車の切符を奪うためだけに、その持ち主である奥田豪を殺したのか、それが疑問だったんです」

と、亀井は、いった。

十津川は、黙って、タバコに火をつけた。立ち上っていく紫煙を、目で追いながら、

「佐々木明子は、こういっていた。三年前、奥田豪は、十和田を追われた。その追い出した人間が、問題の切符が欲しくて、接近して、その時に、相手が自分たちの追い出した奥田豪だと気がついて、殺したんだとね」

「そうです。あの彼女の話は、納得できますよ」

と、亀井が、いった。

「私も、佐々木明子の話には、一応は納得したんだ。三年前、奥田豪は、十和田を追われるようにして、東京に、やってきた。だから、彼を追い出した人間がいるわけだ。その人間が、切符欲しさに、近づいて、奥田に気がつき、そして、殺してしまった。確かに、納得はでき

るんだがね。しかし、何か、物足りないな」

と、十津川は、いった。

「それは、ほかにも理由があって、犯人が奥田を殺したということですか？」

と、亀井が、いった。

「そこが難しいんだが、今もいったように、三年前、奥田を、十和田から追い出した人間がいて、それが理由というのでは、ちょっと弱い気がするんだよ。それにもうひとつ。佐々木明子は、まだ、完全には、すべてを、話していないんじゃないか。私には、そんな気がするんだよ」

と、十津川は、いった。

「彼女はまだ、すべてを、話してくれていませんかね？　ずいぶんいろいろと、話してくれましたが」

と、亀井が、いった。

「確かに、いろいろと、話してくれた。奥田が、彼女に、結婚を申し込んだことも、話してくれた。二人の間には、ただたんに、客と店のママという関係だけではなくて、愛があったんだ。それが、彼女を、この十和田に向かわせたんだろうが、ほかにも、奥田がいろいろと話したことが、あったんじゃないかなあ」

と、十津川は、いった。

「それは、このホテルの戸川社長の話や、その息子の営業部長の話や、それから、足立という個人タクシーの運転手の話じゃありませんか？　その三人の話しか、奥田は、彼女にいわなかった。そういっていましたが？」

「もうひとつ、奥田が、話したことがあったんじゃないか。そんな気がするんだよ」

「たとえば、どんなことですか？」

と、亀井が、きいた。

「そうだな。たとえば、今問題になっている産廃問題のことだ。女性弁護士の深町恵子が、『はやて13号』のグリーン車の車内で、殺された。犯人は、そのグリーン車の切符が欲しくて、奥田豪を、殺したわけだろう？　とすれば、奥田も、この産廃問題に、何か、関係しているんじゃないだろうか。そんな気がしてくるんだよ」

と、十津川は、いった。

「しかし、産廃問題が公になったのは、奥田が三年前に、十和田を捨てて、上京してから後の話ですよ」

と、亀井が、いった。

「そうなんだよ。だから、どうにも、私としても、自信がないんだがね」

と、十津川は、語尾を濁した。

亀井は、コーヒーを、口に運んでから、

「もうひとつ、佐々木明子は、いっていましたね。奥田豪が、自分の家の家系図を、大事そうに見せてくれたという話です。それを、われわれにも、見せてくれましたが」

と、いった。

「ああ、あの家系図ね」

と、十津川は、あまり関心のなさそうな顔で、いった。

「あの家系図を、どうして、奥田は、佐々木明子に、見せたんでしょうかね？　ただたんに、自分の家の家系を、自慢するつもりだったんでしょうか？」

「それが、わからない。確かに、あの家系図を見ると、奥田家というのは、一応、侍の出だ。地元では、かなりの名家だったらしい。そのことは、自慢してもいいと思うが、普通、女の人は、家系図なんて、あまり、関心がないんじゃないかね？」

「そうかもしれませんが」

と、十津川は、いった。

「とすれば、奥田は、家系が自慢で、あの家系図を見せたとも、思えない」

と、十津川は、いった。

「しかし、奥田は、あの家系図を、見せたんですよ。だから、佐々木明子は、持っていたんです」

と、亀井が、いった。

「確かに、そうなんだ」

「奥田としては、ほかに、自慢するものが、なかったからじゃありませんか？」

と、亀井が、少し、突き放すような口調で、いった。

「ほかに、自慢するものが、なかったか」

「なにしろ、奥田豪は、ほとんど無一文で、十和田を捨てて、東京に、来たわけですからね。家宝とか、そんなものは、なかったんじゃありませんか？　だから、家系図を、自慢して見せた。大いにあり得ると、思いますよ」

と、亀井が、いった。

「確かに、そうだが、奥田はいつ、あの家系図を、見せたんだろうか？　その時期を、知りたいな」

「そういえば、いつ見せたか、佐々木明子は、いいませんでしたね」

「われわれも、きくのを忘れた」

と、十津川は、いい、急に、携帯電話を取り出すと、明子に、電話をかけた。

「今、どこですか？」

と、十津川が、きくと、

「今、遊覧船の上」

と、明子が、のんきに、答えた。

「遊覧船に、乗っているんですか？」

「そうよ。一度、船の上から、十和田湖周辺を見たくて」

と、明子が、いった。

「十分に、楽しんでください」

と、十津川は、いってから、

「さっき、きくのを忘れたんですが、あなたが持っている家系図なんですが、その家系図を、奥田さんは、いつ、あなたに渡したんですか？」

「詳しい日にちは、忘れたけれど、あの人が、私に結婚を申し込んだ後に、くれたことだけは、確かね」

と、明子が、いった。

「奥田さんが、十和田西ホテルの社長や営業部長や、足立というタクシー運転手の話を、した頃ですか？」

と、十津川は、きいた。

「その前か、後か。とにかく、その話をきいてから、時間は経っていなかったと思うわ。その前でも同じね」

と、明子が、いった。

「もう一度ききますが、奥田さんは、産廃問題やＮＡ建設の話は、あなたに、しなかったんですか？」

と、十津川は、念を押した。

「さっきもいったとおり。話に出たかもしれないけど、覚えていないから、もし話したとしても、あの人も、その話に、力を入れていなかったと、思うわ」

と、明子は、いった。

十津川は、電話を切ると、亀井に向かって、

「奥田が、あの家系図を、渡したのは、自分が十和田を追われた話の前後で、時間は開いていなかったらしい。だから、自分が、十和田を追われた話に合わせて、あの家系図を渡したというのが、本当じゃないかな」

と、いった。

「産廃問題やNA建設の話は、奥田から、きいていないと、相変わらず、いっているんですか？」

と、亀井が、きいた。

「覚えていないと、いっているが、ひょっとすると、奥田が、話したかもしれないとも、いっている。話したとしても、世間話程度に、軽く話したんじゃないかね」

と、十津川は、いった。

「すると、奥田が殺されたのは、産廃問題とは、関係がないんですかね？」

と、亀井が、いった。

「カメさんも、いっていたじゃないか。産廃問題が、大きく取り上げられるようになったのは、奥田が、三年前に、十和田を捨てて、東京に出てきた、その後なんだ」

と、十津川は、いった。

「しかし、警部は、三年前に、奥田が、郷里の十和田を追われた、ただそれだけでは、殺される理由としては弱いと、思っていらっしゃるんでしょう？　警部は、産廃問題も原因になっているんじゃないかと、思っていらっしゃるんじゃないですか？」

と、亀井が、いった。

「確かに、私は、そう考えたいと、思っている。しかし、自信がないね」

と、十津川は、正直に、いった。

亀井がいうように、産廃問題が大きく取り上げられるようになったのは、奥田が十和田を捨てて、上京した後なのだ。

「佐々木明子は、今、遊覧船の上ですか？」

と、亀井は、間をおいて、いった。

「そうらしい。遊覧船の上から、十和田湖周辺を見てみたいらしい」

「のんきなものですね」

と、亀井が、笑った。

「しかし、ただたんに、のんきに見ているだけとは、思えないんだ」

　と、十津川が、いった。

「それは、どうしてですか？」

「私には、彼女が、ただ、十和田湖の観光に来ているとは、思えないんだ。遊覧船に乗るのも、何か、意味が、あるんじゃないのか。そんなふうに、考えてしまうんだがね」

「たとえば、どんなことですか？」

　と、亀井が、きいた。

「たとえばねえ」

　と、十津川は、考え込んでから、

「ただたんに、遊覧船に、乗ったんじゃなくて、船の上で、誰かと、会うつもりなんじゃないだろうか。そんなことを、私は、考えてしまうんだ」

「足立運転手は、すでに、死んでしまったんですから、残っているのは、十和田西ホテルの戸川社長か、その息子の戸川営業部長の二人ということになりますが、佐々木明子は、そのどちらかと、遊覧船の上で、会うつもりなんでしょうか？」

「そんなふうにも、考えてはみているんだがね、自信はない」

　と、十津川は、いった。

「ご心配ですか？」

と、亀井が、きいた。

「なにしろ、佐々木明子は、一度、殴られて、病院に運ばれているからね」

「じゃあ、われわれも、遊覧船を、見に行こうじゃありませんか」

と、亀井が、いった。

二人は、立ち上がり、タクシーを呼んでもらって、十和田湖畔の休屋に向かった。多くの遊覧船が、この休屋から、発着していたからである。

途中から、湖上に浮かんでいる、二隻の遊覧船が見えた。白い船体に、赤いストライプが入っている、優美で、かなり大きな船だった。

しかし、佐々木明子が、どの遊覧船に乗ったのかは、わからなかった。

仕方がなく、休屋近くのレストランに入って、その窓から、湖上を眺めた。

窓際に腰を下ろして、コーヒーを飲みながら、眺めていると、湖上遊覧船が、一隻ずつ、休屋に入ってくる。

この休屋から子ノ口に向かう遊覧船が、いちばん本数が多いらしい。佐々木明子も、たぶん、このルートの船に、乗ったに違いない。

また一隻、遊覧船が、休屋に入ってきた。乗客が、どっと降りてくる。しかし、いつまで見ていても、佐々木明子が降りてくる気配は、なかった。

次の遊覧船も、同じだった。

「どうしたんですかね？　彼女、いっこうに降りてきませんね」

と、亀井が、湖上に、目をやりながら、いった。

「ひょっとすると、ウソをつかれたのかもしれないな」

と、十津川が、いった。

「ウソをつかれたといいますと？」

と、亀井が、きいた。

「私が電話をした時、彼女は『今、遊覧船の上だ』と、いった。しかし、あの時、船のエンジン音がきこえたわけでもないし、彼女が、間違いなく、遊覧船の上にいたという証拠は、ないんだ。私には、遊覧船で、のんびりと観光を楽しんでいるように、いっておいて、ほかの場所に、行ったのかもしれない」

と、十津川は、いった。

「しかし、なぜ、われわれに、ウソをついてまで、ほかの場所に、行く必要が、あるんですかね？」

と、亀井が、不思議そうに、きいた。

「彼女は、奥田豪が、十和田西ホテルの戸川社長や、息子の戸川営業部長、それから、足立という個人タクシーの運転手の話をしたといっていた。しかし、ほかにも、奥田が話した人間がいるんじゃないだろうか？」

「では、警部は、この三人以外の誰かに、佐々木明子が、会いに行ったと、お考えなんですか？」

と、亀井が、きいた。

「そんな気がするんだが」

「その根拠は、何ですか？」

と、亀井が、きいた。

「佐々木明子は、十和田湖畔で、一度殴られている。それから、足立という個人タクシーの運転手が、殺されている。足立運転手は、六十歳の運転手だよ。その足立が、佐々木明子を、十和田湖畔で殴ったとは、ちょっと考えにくい。第一、足立運転手は、殺されているからね。それから、十和田西ホテルの戸川社長や、息子の戸川営業部長は、いってみれば、ホテルの重要人物だ。そんな二人が、ヒョコヒョコ出ていって、足立という個人タクシーの運転手を、殺すだろうか？　もし、殺すとしても、それは、金で人を雇って、殺すのではないだろうか？　そう考えてくると、ほかに、もう一人か二人、奥田豪が話した人間が、いるんじゃないか。それを、佐々木明子は、われわれに、隠しているんじゃないか。私は、そう思っているんだよ」

と、十津川は、いった。

「しかし、今になっても、どうして、佐々木明子は、それを、黙っているんでしょうか？

もういいかげんに、われわれに、協力してくれてもいいんじゃないかと、思うんですが」

と、亀井が、いった。

「私も、そう思うんだが、何か、われわれに、いえない理由が、あるんじゃないのかな？」

と、十津川は、いった。

「どんな理由ですか？」

「たとえば、死んだ奥田を、傷つけるような問題が、からんでいるんじゃないかね」

と、十津川は、いい、続けて、

「彼女がいっていたじゃないか。私が、どうしてこんなに、奥田のために尽くすのかときいたら、彼が結婚を申し込んでくれたからだと、いっていた。亡くなった奥田を、愛していたんだ。だから、なによりも、奥田の名誉が、気になるんじゃないのかな。少しでも、奥田の名誉が傷つくことについては、今の段階では、われわれ警察にも、いうつもりがないんだろう」

と、十津川は、いった。

「それにしても、彼女は、どこへ行ったんでしょうか？　十和田湖周辺に、いるんでしょうか？　それとも、まさかとは思いますが、一人で、東京へ、帰ってしまったんじゃないでしょうね」

と、亀井が、いった。

「ひょっとすると、ホテルに、帰っているかもしれない」

と、十津川は、いい、携帯で、十和田西ホテルに、連絡をとった。

しかし、佐々木明子は、ホテルには、戻っていないという返事だった。

「どうしますか？　これから、彼女を、探しますか？」

と、亀井が、きいた。

十津川は、迷った。前に、彼女は、襲われている。とすると、また、彼女が、襲われる不安がある。しかし、どこを探していいのか、わからなかった。

迷っている時、東京の西本刑事から、電話がかかった。

4

「例の七月十七日に『はやて13号』のグリーン車に乗っていて、女性弁護士を殺したのではないかと思われる、目のきつい、三十代の女性の件ですが」

と、西本が、いった。

「見つかったのか？」

と、十津川が、きくと、

「彼女の似顔絵を持って、調べているんですが、さっき、JRのほうから、連絡がありました。それによりますと、似顔絵の女は、七月十七日と、七月十日の二回だけではなく、前にも何度か、新幹線『はやて』に乗っているようです」

と、西本が、いった。

「何回も乗っているって、それは、いつのことなんだ？」

と、十津川が、きいた。

「JR側の話によりますと、今年になって、前に二回、彼女を見たという、車掌の証言が、あったそうです」

「その二回の時も、『はやて13号』に乗ったのかね？」

「それが、八戸行きの『はやて』には乗っていますが、13号ではないそうです。一回は、三月頃で、午後の二時台の『はやて』だそうです。もう一回は、六月頃で、この時も、同じように午後二時台の『はやて』に乗っていたそうです。しかも、一回は、グリーン車だったということですが、二回目は、座席指定の普通車だったそうで、グリーン車ではありません」

と、西本は、いった。

「すると、確認されているだけで、今年になって四回、八戸に、新幹線で、行っているんだな？」

と、十津川は、念を押すように、きいた。

「そうです。これは、今、警部がいわれたように、確認されているだけでですから、ほかにも一回か二回、八戸に、行っているかもしれません」

と、西本が、いった。

「すると、何か、用事があって、新幹線に乗ったと、考えたほうがよさそうだな。七月十日と七月十七日は、女性弁護士の深町恵子を、殺そうとして、乗ったんだが、ほかの日は、何のために乗ったのだろう？　それがわかれば、いいんだが」

と、十津川は、いった。

「はっきりしたことは、わかりませんが、三月に『はやて』のグリーン車の中で、彼女を見たという車掌に話をきくと、彼女は、その時、メガネをかけて、何か、書類を見ていたそうです」

と、西本は、いった。

「書類を見ていた？」

「そうです。その時の印象は、車掌にいわせますと、何か、大会社の秘書みたいな感じだったそうです」

と、西本は、いった。

「大会社の秘書か？」

と、十津川は、オウム返しに、いった。

「そうです。とにかく、その時は、有能な女性秘書に、見えたそうです」

と、西本は、いう。

「しかし、七月十日と、七月十七日には、そうは、見えなかったんだろう？」

と、十津川が、きいた。

「そうですね。その二回は、何か、怖そうに見えたと、車掌は、いっています。もちろん、それは、殺人事件が、あったからかもしれませんが」

と、西本は、いった。

「有能な秘書に見えたというのは、当たっているかもしれないな」

と、十津川が、いった。

「どうしてですか？」

と、西本が、きく。

「つまり、彼女は、何回も『はやて』に乗って、八戸に行っているが、それは、仕事で、行っているのかもしれないということだよ」

と、十津川は、いった。

「八戸に、仕事でですか？」

「八戸かもしれないし、あるいは、十和田かもしれない。というのは、十和田では、今年になってから、産廃問題が、クローズアップされているからね。しかも、その産廃業者は、地元と問題を起こして、裁判沙汰になっている。そして、東京の深町弁護士が、七月十七日に、急遽(きゅうきょ)、『はやて13号』に乗って、十和田に向かっていたんだ。それを防ごうとして、問題の女が、グリーン車の中で、深町弁護士を殺している。だから、その前にも、産廃問題で、彼女が何回か、十和田に来ていても、おかしくはない」

と、十津川は、いった。

「確か、産廃業者の親会社はNA建設で、本社は、東京にあったはずですね」

と、西本が、いった。

「そうだよ。だから、今もいったように、その女が、ビジネスで、何回か、十和田に来ているとすれば、その女は、NA建設の関係者である可能性が、大きい」

と、十津川は、いった。

「すぐ、NA建設に行って、調べてみます」

と、西本は、いった。

5

その電話の後、東京では、西本が、日下と一緒に、NA建設の本社を、訪ねた。

二人の刑事は、受付で、警察手帳を見せてから、問題の女の似顔絵を、相手に見せることにした。

「この女性が、ここで、働いているかどうか、知りたいのですがね」

と、西本が、いうと、受付の女性は、あわてた様子で、どこかに、電話をかけた。

しばらくすると、男が下りてきて、二人を応接室に案内し、

「松木です」

と、いいながら、広報部長の肩書のある名刺を、差し出した。

松木という広報部長のことは、西本も、日下も、十津川から、きいていた。

「では、松木部長さんに、お尋ねしますが、この似顔絵の女性が、こちらの会社で、働いていませんか？」

と、もう一度、例の女性の似顔絵を、相手に見せた。

松木は、しばらく、その似顔絵を見ていたが、小さく、首を横に振って、

「残念ながら、私どもには、こういう女性は、いませんね」

と、いった。

「本当にいませんか？　われわれには、どうも、こちらの会社で働いている女性に、思えるんですがね」

と、西本が、いった。

松木は、小さく肩をすくめて、

「何を根拠に、そういうことをおっしゃっておられるのか、わかりませんが、ウチには、お

りませんね」

　と、繰り返した。

「では、このＮＡ建設の本社でなくてもいいんですが、関連会社に、いませんか？」

　と、日下が、きいた。

「おりませんね」

　と、松木は、あっさりと、いう。

「確か、このＮＡ建設の子会社が、十和田で、産廃問題を起こしていますね。裁判に訴えられているから、当然、広報部長のあなたも、ご存じのはずですが？」

　と、西本が、いった。

「それなら、もちろん、知っていますよ。裁判になっていることも、わかっています。しかし、ウチにも、子会社にも、非はまったくありませんよ。すべて、法律にのっとって、やっていることですから」

　と、松木は、いった。

「そうすると、ＮＡ建設の人間も、何回か、十和田に、行っているんじゃありませんか？」

　と、日下が、きいた。

「ええ。私が、行っています」

　と、松木が、答える。

「あなたは広報部長だから、当然、行かれるでしょうが、そのほかに、この本社の人間が、新幹線を使って、八戸経由で、十和田に、行っているんじゃありませんか？　このＮＡ建設の社員が、何回か、新幹線『はやて』に乗って、八戸へ行くのを、車内で見たという人が、いるんですがね」

と、西本が、脅すように、相手に、いった。

松木は、一瞬、当惑した表情になったが、すぐ、笑顔になって、

「たぶん、何かの間違いだと思いますね。本社から、十和田に行っているのは、私だけですから」

と、いった。

「確か、このＮＡ建設の社長さんは、岸田という代議士さんではなかったですか？」

と、西本が、きくと、松木は、うなずいて、

「確かに、うちの岸田社長は、青森選出の議員ですが、今は政務に専念して、めったに、会社にはまいりません」

と、いった。

「じゃあ、今は、ここには、おられないんですね」

「ええ、そうです。今は、議員会館のほうに、おります」

と、松木は、いった。

西本と日下は、捜査本部に帰ると、すぐにその結果を、十和田にいる十津川に、知らせた。

「ＮＡ建設に行って、松木という広報部長に会いました。似顔絵の女について、きいたのですが、やはり、ＮＡ建設には、いないということでした。しかし、どうも、信用できませんね」

と、西本は、十津川に向かって、いった。

「私も、信用できないね」

と、十津川は、いった。

「だから、辛抱強く、ＮＡ建設について、調べてくれ。社員か、あるいは、社長の知り合いの中に、似顔絵の女が、いるかもしれないからな」

第六章　八戸市内

1

十津川は、亀井と、十和田湖町の町役場を訪ねた。

町役場で、戸籍係に会うと、

「この十和田湖町の出身で、奥田豪という人がいるはずなんですが、その人の戸籍がどうなっているか、調べてもらえませんか？」

と、十津川が、頼んだ。

五十歳ぐらいの係員は、

「奥田豪さんですね？」

と、いい、キャビネットから、分厚い戸籍台帳を、取り出して、見ていたが、

「ああ、ありますよ。奥田豪さんですね。ありますが、しかし、ここには、死亡と書かれて

います」

と、相手が、いった。

「それで、いいんです。東京で、七月六日に、亡くなりました」

と、十津川が、いった。

「それで、ほかに何か、奥田さんのことで、おききになりたいことが、あるんですか？」

と、五十代の戸籍係が、十津川に、きいた。

「この奥田さんですが、実は、死ぬ前に、自分の奥田家の、家系図を残しているんですよ。それによると、奥田家というのは、先祖がこの地方の郷士だというのですが、間違いありませんか？」

と、十津川が、きいた。

「その点は、私には、わかりませんが、この辺には、郷士の出身という人が何人もいるんですよ」

と、いった。

「昔、郷士だったというと、当然、この十和田湖周辺に、広い土地を持っていたんでしょうね？」

と、十津川が、きいた。

「持っていたとは、思いますが、現在も持っているかどうかは、わかりませんね」

と、相手は、冷静な口調で、いった。

「この奥田豪さんは、どうですかね？　今も、この十和田湖周辺に、土地を持っているんじゃありませんか？」

「それが、何か、問題になるんでしょうか？」

と、相手が、きいた。

その声には、警戒するような調子があった。おそらく、土地問題で、東京の刑事が、何かを調べに来たと、思ったのだろう。

それがわかるので、十津川は、わざと笑顔を作って、

「私たちは、別に、何かの事件のことで来たんじゃありません。ただ、この奥田豪という人が、変人でしてね。彼が死ぬ時に、自分の家は名家で、十和田湖の周辺に、先祖代々、土地を持っていたと、そういっていたんですよ。それが本当かどうか、それを知りたいだけなんです。こちらで調べてもらうことは、できませんか？」

と、いった。

「今すぐには、わかりませんが、時間が許されるなら、なんとか調べてみますが」

と、係員は、いってくれた。

「できれば、今日中に、調べておいていただきたいのですが」

と、十津川は、いい、相手がうなずくのを、見てから、

「では、今日、町役場が閉まるまでに、もう一度、来てみますから、それまでに、できれば、調べておいてください」

と、いって、十津川と亀井は、町役場を出た。

二人は、時間を潰してから、午後四時過ぎに、もう一度、十和田湖町の役場を、訪ねた。

さっきの戸籍係に会うと、彼は、一枚の大きな地図を、見せて、

「あれから、刑事さんのいわれたことを調べてみたところ、奥田家が、以前に持っていた土地が、わかりました。その場所は、この辺りです」

と、いい、地図の上に、大きな丸を書いてみせた。

十津川の目が、きらりと光って、

「この辺りは、青森と秋田との県境ですね」

「確かに、そういわれてみると、そうですね」

と、相手が、うなずく。

「この土地ですが、今も、ここが奥田家のものかどうか、何か調べる方法は、ありませんか？」

と、十津川は、いった。

「終戦直後、間違いなく、ここが奥田家の土地だったことは、はっきりしています。しかし、現在もなお、奥田家のものかどうか、こちらではわかりません。なにしろ、あの辺は、土地

の権利が、錯綜(さくそう)しているし、よく、売買されていますから。あの辺りは、刑事さんが、今いわれたように、秋田県と青森県の県境ですからね。両方で調べないと、はっきりしたことは、わからないんじゃないですか？」

と、戸籍係が、いった。

「終戦直後は、間違いなく、奥田家のものだったんですね？」

と、亀井が、もう一度、確認するように、きいた。

「そうです。そのとおりです。もっといえば、三年前までは、青森県側の方は、間違いなく、奥田家の土地だったんですよ。しかし、その後が、よくわからない。奥田さんが、売ってしまったのかもしれませんし、どうも、こちらでは、名義がはっきりしないんです」

と、相手が、いった。

2

町役場を出ると、十津川は、亀井に向かって、

「これで、少し、わかってきたじゃないか」

と、いった。

「土地の件ですか？」

「そうだよ。あの戸籍係が、地図にマークをしてくれた場所は、例の産廃問題が、起きている土地だ。その場所と、ほとんど一致している」

と、十津川が、いった。

「なるほど。もし、今も、あの辺一帯の土地が、奥田豪のものだとすると、あの産廃業者は、土地所有者に断りもなく、あの場所を、占拠していることになりますね」

と、亀井が、目を輝かせて、いった。

「あの辺りの秋田県側は、どこで、調べたらいいんだろうか？」

と、十津川が、いった。

二人は、近くの喫茶店に入り、ポケットから、十和田湖周辺の地図を、取り出して、広げてみた。地図で見ると、秋田県側は、鹿角市となっていた。

二人は、この鹿角市の市役所に、行ってみることにした。

車で、十和田湖から十和田道を南下して、十和田南に出た。

二人は、鹿角市役所を見つけて、今度は、そこの助役に会うことにした。

十津川は、ここでも、警察手帳を見せてから、青森県との境、十和田湖の近くにある産廃の廃棄施設について、きくことにした。

助役は、明らかに、警戒の目で、十津川たちを見ながら、

「実は、あの産廃処理場については、いろいろと問題があって、私どもも、困っているんで

すよ。しかし、なにぶんにも、青森県との県境にあるものですから、どう対応していいかわからなくて、困っているんです。ウチだけで処理するわけにもいきませんし、県としての方針もありますから」

と、いった。いかにも、役所的な答え方だった。

「私たちは別に、あの産廃処理場のことについて、問題を指摘しに来たわけじゃないんですよ」

と、十津川がいうと、助役は、少し安心したような顔になった。

そこで、十津川は、

「これを、見てください」

と、いって、ポケットから取り出した地図を、広げた。

「この場所なんですが、実は、私の友人に、奥田豪という人間がいます。彼は、もう亡くなっているのですが、この辺りに土地を持っているのではないかということで、青森県の十和田湖町に、きいたところでは、少なくとも三年ぐらい前までは、この場所に、奥田豪という人間が、土地を持っていたことが、はっきりしました。それで、秋田県側ではどうなのか。それを、おききしたいのですよ。この土地は、秋田県と青森県の両方に、またがっていますから」

と、十津川は、いった。

「奥田豪さんですか？」

と、助役は、いってから、分厚い資料を、持って来させた。

「三年前までは、あの土地の所有者だったのですね？」

と、助役は、確認するように、きいてから、資料をめくっていたが、

「確かに、奥田という名義の土地が、ありますね。刑事さんのいわれるように、青森と秋田にまたがって、この奥田という人は、土地を所有しています。しかし、現在どうなっているか、はっきりとはわかりませんね。あの処理場ができたということは、東京のＮＡ建設が、奥田という人から、あの土地を、買ったのではありませんか？　そのはずだと思いますね」

と、助役が、いった。

「しかし、その資料ではまだ、奥田家の所有に、なっているんですね？」

と、亀井が、いった。

「この資料では、確かに、奥田家の所有になっています。しかし、現在どうなっているかは、わかりませんよ」

と、助役は、いった。

十津川と亀井は、礼を述べて、秋田の鹿角市役所を、後にした。

「これで、警部のいわれたように、奥田豪が殺された理由が、わかってきたような気がしますね」

と、亀井が、勢い込んだ調子で、いった。

「想像はつくよ。東京のＮＡ建設は、十和田湖の近くに、産廃の処理場を、作った。子会社を動かして、周辺の地主から土地を買った。おそらく、買った土地以上に、あの処理場を、大きく広げたのだろう。別に、誰からも抗議が来なかったので、安心していたら、あの土地の本当の所有者が、わかった。三年前に、十和田から、姿を消した奥田豪というのが、その所有者だったんだ。ＮＡ建設は、なんとかして、奥田豪から事後承認の形で、その土地を、手に入れようとしたんだろう。それで、奥田豪のことをよく知っている、十和田西ホテルの戸川社長や、息子の戸川営業部長なんかも、いろいろと動いたんじゃないかね。それで、なんとか、奥田豪に連絡がとれたものの、奥田豪は、頑として、首を縦に振らなかった」

「どうしてでしょうか？　奥田豪は、東京に出たものの、金に困っていたはずですから、連絡があれば、すぐに土地を売ったんじゃないでしょうか？」

と、亀井が、いう。

「常識的には、そうなんだが、彼は、三年前に十和田を捨てて、東京に出ている。それについて、今いった、十和田西ホテルの戸川社長や、息子の戸川営業部長、それから、個人タクシーの足立という人間が、絡んでいるんじゃないのかね？　つまり、この三人に追われるようにして、奥田は、東京に出たんだよ。とすれば、その三人と親しいＮＡ建設には、問題の土地を、絶対に売らないんじゃないだろうか。だから、いい返事をしなかった。そこで、Ｎ

A建設は、困っていたんだよ。そのうちに、七月十日に、深町弁護士が、反対派を助けるために、十和田に、来ることになった。そのうえ、深町弁護士は、裁判に勝つだけの十分な証拠を見つけたと、話していた。今から考えると、その勝つ証拠というのは、問題の処理場の土地のことじゃないだろうか？　それが、まだ、奥田という元の地主のものだということがわかったので、深町弁護士は、勝てると思ったんじゃないかな。ＮＡ建設のほうでも、そのことに気づいて、なんとかして、深町弁護士が、十和田に来ることを、妨害しようとしたんだ」

と、十津川は、いった。

「確かに、そうなると、連中が、深町弁護士を殺したい理由も、わかってきますね。殺すために、新幹線『はやて』の切符を、手に入れようとした。グリーン車６Ａの切符です。ところが、先に、誰かが買ってしまった。そこで、連中は、必死になって、その買った人間を、探したんでしょうね。買った人間に、大金をつかませて、その切符を譲ってもらおうとして、いざ、会ってみたら、相手が、奥田豪とわかって、愕然(がくぜん)とした。そういうことでしょうか？」

と、亀井が、いった。

「カメさんがいうとおりだと思うね。連中は、その切符の持ち主が奥田豪だと知って、びっくりしたんだ。これでは、絶対に切符を譲ってもらえるはずはない。それに、奥田豪が生きていると、土地の問題で、自分たちが負ける。そこで、連中は、奥田豪を、殺してしまったんだ。そして、問題の切符を手に入れた。だから、連中は、切符を手に入れることと、奥田豪を殺すことの両方が、必要だったんだよ。そう考えれば、今回の事件の謎が、解けてくる」

と、十津川は、いった。

「これからどうしますか？　ＮＡ建設に、わかったことを、ぶつけてみますか？」

と、亀井が、きいた。

「そうだな。一応、揺さぶりをかけてみるか。そのためにも、法務局で、不動産登記がどうなっているか、確認しなくてはならないな。ただ、私には、佐々木明子のことも、心配なんだ」

と、十津川は、いった。

「それなら、私が十和田に残って、彼女のことを、守りますよ。ですから、警部は、一人で東京に戻って、ＮＡ建設に、あたってみてください」

と、亀井が、いった。

3

翌朝、十津川は、一人で新幹線「はやて」を使って、東京に帰った。その足で、西本と二人で、有明にあるNA建設の本社を、訪ねてみることにした。

二人が訪ねていくと、また、応対に、松木広報部長が、現れた。

松木は、明らかに不機嫌で、十津川と西本の顔を、見ると、

「また、あなた方ですか。もう話すことは、ありませんがね」

と、つっけんどんに、いった。

「実は、また、十和田にある、例の産廃処理場のことについて、あなたに、おききしたいことができましてね」

と、十津川が、いった。

「何回も、いうようですが、確かに、反対運動は、起きていますが、あれは、法律に照らして、合法的な施設なんですよ。もし、何か疑問があるのでしたら、経済産業省のほうに、いってくれませんか？」

と、松木が、いった。

「あの処理場は、青森と秋田にまたがっていますね？　問題は、その土地の所有者なんです

が」

と、十津川は、いった。

「あれは、土地所有者の中村さんから、わが社が、適正な価格で、購入したものです。ですから、今は、あの処理場の土地は、間違いなく、このNA建設の所有です」

と、松木は、胸を張るようにして、いった。

「その売買の件ですが、中村さん以外に、もう一人、あの辺りの土地の所有権を、持っている人が、いたんじゃありませんか？」

と、十津川が、きいた。

「それは、誰のことですか？」

と、松木が、きく。

「奥田豪という人です」

と、十津川は、いい、〈奥田豪〉と、自分の名刺の裏に書いて、それを松木に見せた。

「その人が、中村さん以外に、あの処理場の土地を、持っているんじゃありませんか？」

と、十津川は、いい、続けて、

「私は、青森県の十和田湖町と、秋田県の鹿角市の役所に行って、調べてみたんですよ。そうすると、あの処理場の土地の大半は、奥田さんが持っていることが、わかったんです。とすると、NA建設は、他人の土地に、処理場を建てたことになってしまいますよ」

と、十津川は、いった。

一瞬、松木の顔が、青ざめたように、見えた。

しかし、すぐに、立ち直って、

「確かに、あの土地は、三年前まで、奥田という人が持っていましたが、その後、ウチが、奥田さんから、買い取ったんですよ。ですから、今は、間違いなく、NA建設のものになっています」

と、いった。

「では、その土地を買った時の、契約書なり、確かに、NA建設のものだということを証明するような書類を、見せてくれませんか」

と、十津川は、いった。

「間違いなく、買っているんですから、そんな書類をあなた方に見せる義務はないと、思いますがね」

と、松木は、いった。

「NA建設が、奥田さんから、あの土地を買ったのは、いつですか？」

と、十津川が、きいた。

「ですから、それは、処理場建設前に買いまして、その後で、あの処理場を、作ったんです」

と、松木が、いった。

「しかし、その時の売買の書類が、ないというのは、おかしいですね」

「書類は、ちゃんとありますよ。ただ、まだ事件にもなっていないのに、その書類を、あなた方に見せる義務はないと、いっているんですよ」

と、松木は、いった。

「しかし、おかしいですね」

と、十津川は、さらに、揺さぶりをかけた。とりあえず、登記の件を持ち出して、反応を探ってみることにした。

「何がおかしいんですか？」

と、松木は、挑発するような目をして、いった。

「あの土地を、ＮＡ建設が、奥田さんから買ったのなら、どうして、その時にすぐ、登記をしなかったのですか？　だから、青森県の十和田湖町でも、秋田県の鹿角市でも、三年前の書類はあって、それが、奥田家の土地になっていますが、その後のＮＡ建設の登記がないから、どちらの役所も、現在も、その土地は奥田家のものだと、いっているんです。どうして、購入時に、登記しなかったのですか？」

と、もう一度、十津川が、きいた。

「ウチとしては、購入した時に、間違いなく、登記をしていますよ。しかし、それが今、ウチの名前になっていないということが、あるとすれば、それは、明らかに、事務手続きの間違いです。ですから、これから、青森県と秋田県の役所に、私が行って、間違いを、直してもらいましょう」

と、松木は、いった。

「NA建設は、奥田さんから、あの土地を、いくらで買ったのですか？」

と、十津川は、きいた。

「広報部長の私は、そこまでは、知りませんが、まあ、適正な値段で買ったとだけ、いっておきましょう」

と、松木が、いった。

「しかし、だいたいの値段を、教えていただけませんか？　坪いくらで、買ったのですか？」

と、十津川が、きいた。

「そうですね。ウチとしては、確か、全部で、億単位の金で買ったと思いますよ。奥田さんには、急に買うことになったので、相場以上の金額を、お支払いしたはずですが」

と、松木は、平然として、いった。

「奥田さんは、三年前には、もう十和田を捨てて、東京に、来ているんです。とすると、NA建設は、東京で、奥田さんに会って、土地を買ったことになりますね」

「そうですよ。ですから、いっているじゃありませんか。東京で、奥田さんから、土地を買ったと」

「そうですか。東京でということは、おっしゃらなかったような気がしたので、不審に思っていたのですが、東京で、奥田さんに会って、買われたのですか？」

「そうですよ。何回も、くどくどと、きかないでほしいですね。それでなくても、あの土地のことについては、裁判になって、問題になっているんですから」

と、松木は、ますます、不機嫌になって、いった。

「では、東京で、いつ、奥田さんに、会われたのですか？　それは、あなたが、会われたんですか？　それとも、NA建設の社長が、会ったんですか？」

と、十津川は、しつこく、きいた。

「それは、企業秘密に関わることですから、お教えできませんね。もし、どうしても、お知りになりたいのでしたら、その旨の書類を書いて、出していただけませんか？　そうすれば、社長の名前で、正式に回答しますよ」

と、松木が、いった。

4

松木広報部長と別れると、西本が、

「明らかに、ウソをついていますよ」

と、十津川に向かって、いった。

「その点は、同感だが、しかし、今のところ、証拠がない」

と、十津川が、いった。

「しかし、問題の土地を正式に買っていれば、その書類があるはずです。あくまでも、その書類を見せろといえば、ボロを出すんじゃありませんか？」

と、西本が、いった。

「しかし、あの産廃処理場の件は、現在裁判中で、私たちは、その当事者じゃないからね。強引に、見せろということは、できないだろう」

と、十津川は、いった。

「私たちにできなければ、裁判の当事者には、その書類を見せるように要求する権利が、あるはずでしょう？　反対派の住民に、相談したら、どうでしょうか？」

と、西本が、いった。

「そうだな。確かに、裁判の当事者ならば、売買した書類や契約書などを見せろと要求することが、できるはずだ」

と、十津川は、いった。

殺された深町弁護士に代わって、現在、同じ法律事務所の青地弁護士が、裁判を担当しているはずだった。

深町法律事務所に、電話をしてみると、幸い、青地弁護士は、十和田から、帰ってきていた。それを確認してから、十津川は、西本と別れて、一人で、青地のいる法律事務所を、訪ねた。

青地は、十津川の顔を見ると、

「本当は、もう少し、向こうに、留まっていたかったのですが、どうしても、裁判に勝つための証拠が、見つからないんですよ。深町さんは、その証拠を見つけたといって、張り切っていたんですけど、僕には、その証拠が、わからないんです。どんなものか、知っていたり、それを手に入れていたら、勇んで、裁判に向かえるんですけどね。それが、残念です」

と、悔しそうに、いった。

「実は、それが何だったか、だいたいの想像が、ついてきたんです。それを、あなたに、お話ししたくて、こうして、うかがったんですよ」

と、十津川が、いった。

その言葉で、青地は、顔を輝かせた。深町弁護士は、いったい、どんな証拠を、持っていたんですか？」

「ぜひ、それを、教えてください。

「これは、あくまでも、想像として、きいてください」

と、十津川は、断ってから、

「その産廃処理場のある場所ですが、それが、青森県と秋田県に、またがっているために、問題がこじれているわけですね？」

と、いった。

「そうです」

と、青地は、いい、壁にかかった十和田湖周辺の地図に、赤い丸をつけ、そこを、斜線で、埋めていった。

「この箇所が、例の産廃処理場の場所です」

と、いった。

「その問題の土地の、所有者のことなんですよ」

と、十津川が、いった。

「それは、土地の地主の中村さんでしょう？　NA建設は、その中村さんから、あの土地を買ったと、いっています。その契約書も、見せられたことがありますよ」

と、青地は、いった。

「われわれが、調べたところによると、この問題の土地ですが、確かに、中村という地主が、一部持っていたのですが、ほかにも、この土地の所有者が、いたんですよ」

と、十津川が、いった。

「そんな人が、いたんですか？」

「そうです。奥田豪という人でね。三年前まで、十和田に、小さな旅館を、持っていたんですが、その旅館を手放して、東京に、出てきた人なんです。その人は、代々、あの辺りに住んでいて、間違いなく、あの辺りの土地の地主だったんです。この人は、最近、殺されました」

と、十津川は、いった。

「どうして、殺されたんですか？」

と、青地が、きいた。

「これが、深町弁護士が殺されたことと、関係があるんです。深町弁護士を殺した犯人は、彼女と同じ列車に乗る必要が、あったんですが、その切符を、奥田さんが、持っていると知って、大金でその切符を買おうとしたんです。ところが、その切符を持っていた奥田豪さんは、三年前に、事情があって、今いったように、十和田から、東京に出てきた人です。そして、問題の処理場の土地の所有者でもあります。七月十日の『はやて』の切符を持っているのは、その奥田さん本人だったわけです。そこで、もし、奥田さんが生きていると、産廃処理場の問題が、さらにこじれてしまうことを恐れて、連中は、東京で、奥田さんを殺してしまったのではないかと、思われます。たぶん、深町弁護士は、処理場の土地が、依然としてまだ、奥田豪さんのものであって、NA建設のものになっていないことを知り、奥田さんが殺された事件の真相にも、うすうす気づいたんじゃありませんかね？　それで、裁判に勝てると、深町弁護士は、意気揚々として、新幹線『はやて』に乗って、十和田に向かったんじゃありませんか」

と、十津川は、いった。

「もし、今、十津川さんがいわれたことが、事実ならば、深町弁護士が、殺された理由も、わかってきますね。しかし、その話は、間違いないんですか？」

と、青地が、きいた。

「今は、まだ想像ですが、間違いないと、思っています」

と、十津川は、いった。

「NA建設は、その奥田さんという人から、間違いなく、あの土地を買ったと、主張するに決まっていますが、まだ、あの土地が奥田さんのものだという証拠は、あるのですか？」

と、青地が、きいた。

「私たちが、青森県十和田湖町と、秋田県鹿角市で、調べたところでは、今も、問題の土地は、奥田さんの名義になっています。ただ、現時点では、わからないというのですよ。しかし、名義の変更がなされていないとなれば、NA建設は、本当は手に入れていないのではないか。私は、そう思っているんですがね」

と、十津川は、いった。

「十津川さんのいうとおりならば、間違いなく、裁判に勝てるし、深町弁護士の弔い合戦ができます。これから、すぐ、十和田に行こうじゃありませんか?」

と、青地が、張り切って、いった。

「では、明日いちばんの列車で、行くことにしましょう。私は、この件以外に、ちょっと心配なことも、あるんです」

と、十津川が、いった。

「心配なことって、何ですか? よかったら、それを、教えてもらえませんか?」

と、青地が、いう。

「あの佐々木明子が、今、十和田にいるんですが、彼女は、一人で、殺された奥田豪の仇を、討とうとしているんです。それが、危険なことだと、彼女に会って、知らせなくてはいけませんから」

と、十津川は、いった。

5

翌朝早く、東京駅で待ち合わせて、十津川は、青地弁護士と、新幹線「はやて」に乗った。

二人は、わざとグリーン車を選んだ。

席についてから、青地は、

「この『はやて』のグリーン車で、深町弁護士は、殺されたんですね？」

と、十津川に、いった。

「そうですよ。連中は、深町弁護士を、絶対に十和田に行かせまいとして、この『はやて』の中で、殺したんです」

と、十津川は、はっきりした口調で、いった。

「警察も、やはり、NA建設の連中が、やったと思っているんですか？」

と、青地が、きいた。

十津川は、うなずいて、

「ほかに、考えようがありませんね。なにしろ、あの産廃処理場の裁判の当事者は、NA建設ですからね」

と、いった。

「じゃあ、どうして、連中を、逮捕なさらないんですか？」

と、青地が、きいた。

「昨日も、いったように、残念ながら、証拠がありません。われわれは、ＮＡ建設が手を回したとは思っていますが、逮捕するだけの証拠が、まだないんですよ」

と、十津川は、いった。

「問題の処理場の土地が、まだＮＡ建設のものではないことが、証明されれば、それで、十分、証拠があることに、なりませんか？」

と、青地が、きく。

「確かに、状況証拠には、なりますが、それだけでは、殺人の容疑者として逮捕できないことは、弁護士のあなたなら、よくわかるはずですよ。だから、今日も、逮捕令状は、持ってこなかったんです。第一、ＮＡ建設には、社員が、何人もいます。その中の誰が、深町弁護士を殺したのか、奥田豪を殺したのかが、わかりませんからね」

と、十津川は、いった。

「警察が、躊躇（ちゅうちょ）しているのは、それだけですか？」

と、青地が、妙なことを、きく。

「それは、どういうことですか？」

と、十津川が、きいた。

「NA建設の社長は、岸田完という代議士でしょう？　そのことも、ご存じですね？」

と、青地が、いった。

「もちろん、知っていますよ」

「相手が政治家だとわかったので、状況証拠が揃いながら、逮捕に踏み切れないのではないか。私は、そう思ったものですからね」

と、青地は、意地悪そうに、いった。

十津川は、苦笑した。

「なるほど。そういう心配ですか。それならば、心配なさらないほうがいい。私たちは、相手が、誰であろうと、もし証拠があれば、直ちに逮捕します。それだけは、約束しますよ」

と、十津川は、いった。

二人が八戸に着くと、カメさん。亀井刑事が、駅まで迎えに来ていた。

「どうしたんだ？　カメさん。十和田で待っていてくれればいいのに」

と、十津川が、いうと、亀井は、青地弁護士に、軽く会釈をしてから、

「佐々木明子の件なんですが」

と、いった。

「彼女は、今、どこにいるんだ？」

と、十津川が、きいた。

「彼女は今、行方不明でして、いろいろと調べてみると、どうも、この八戸に来ていると、思われるんです。それで、こうして、八戸に、警部をお迎えに、来たんですが」

と、亀井が、いった。

「彼女が、この八戸に来ていることは、間違いないのか？」

と、十津川が、きいた。

「十和田にもいませんし、彼女が泊まっていたホテルできくと、彼女は、フロントに、八戸市の地図が欲しいといって、それをもらって、ホテルを出たようです」

と、亀井が、いった。

青地は、そんな話をしている十津川たちに、向かって、

「私は、一足先に、十和田に行って、反対派の人たちに会いたいのですが」

と、声をかけてきた。

「私たちも、あとから、すぐ、十和田に行きますよ」

と、十津川は、青地に、いった。

駅前で青地と別れてから、十津川と亀井は、八戸警察署に、向かった。

八戸の街も、八戸の駅と同じように、新幹線が通ってから、大きく変貌しようとしていた。市の中心は、そうでもないが、周辺に行くと、いたるところで拡張工事をしている。

八戸の警察署も、それに合わせるかのように、移転して、新しい建物になっていた。

そこで、十津川と亀井は、署長に会った。

十津川は、署長に、佐々木明子の写真を、見せて、

「この女性が、現在、八戸に来ていると、思われるのですが、行き先が、わかりません。なんとか、見つけ出してほしいのです」

署長は、写真を見ながら、

「どうして、この女性が、八戸に来ていると、思われるんですか？　何か、この八戸に、用があるのでしょうか？　もし、その用件がわかれば、探すところも、自然にわかってくるのですが」

「それが、はっきりしないのです。おそらく、この八戸で、誰かに、会おうとしているのでしょうが、その相手が、わかりません」

と、十津川は、正直に、いった。

署長は、困惑した表情になって、

「それでは、あまりにも、漠然としすぎていますね。とにかく、この写真を、何枚もコピーして、刑事に持たせて、探させましょう」

と、いった。

「とにかく、この女性を、探してください。ひょっとすると、彼女は、誰かに、狙われていて、危ないことになるかもしれないのです」

と、十津川は、いった。

「それは、殺されるかもしれないということですか？」

と、署長が、きく。

「そのとおりです」

と、十津川は、いった。

署長は、すぐ、手配をしてくれた。

佐々木明子の写真を、何枚もコピーし、それを、市内の交番に配布する一方で、市内を巡回しているパトカーにも、指令を出してくれた。

十津川たちも、レンタカーを借りて、それで、市内を回ってみることにした。

まず、十津川の運転で、走り出す。

「確か、警部は、佐々木明子が奥田豪のことを愛していて、その仇を討つ気でいるらしいと、いわれましたね？」

と、助手席から、亀井が、いった。

「間違いなく、彼女は、そのつもりでいるよ」

と、十津川は、いった。

「それで、十和田に来て、十和田西ホテルの戸川社長の息子の営業部長に、会っているわけでしょう？　それに、個人タクシーの運転手の足立にも会っている。それは、奥田豪の仇を討つためだと、お考えですか？」

と、亀井が、きいた。

「ほかに、考えようがないんだ。おそらく、佐々木明子は、死んだ奥田豪から、三年前に、十和田を捨てた理由を、きいていたんだろうと思う」

と、十津川は、いった。

「どこまで詳しく、佐々木明子は、知っているんでしょうか？」

と、亀井は、きいた。

「それほど詳しい話は、きいていないと思うね。ただ、奥田は、自分が十和田を、捨てることになった理由について、十和田西ホテルの戸川社長や息子の営業部長、それから、個人タクシーの足立運転手、その三人が、関係しているといったんじゃないかな。それで、佐々木明子は、十和田に来ると、十和田西ホテルに行って、戸川社長の息子の営業部長に会ったんだ。その前には、わざわざ、足立運転手のタクシーを呼んで、それにも、乗っている」

「彼女が今、八戸市に、来ているとすると、この三人のほかに、もう一人か二人、会いたい人間がいるということになりますね」

と、亀井が、いった。

「カメさんのいうとおりだ。もう一人か、二人の名前を、佐々木明子は、奥田豪から、きいていたんだ。その人間に会うために、この八戸に来ているんだろう」

「しかし、どうして、そのことを、佐々木明子は、われわれに、黙っているんでしょうか？」

と、亀井は、憮然とした顔で、いった。

「そこが、私にも、わからないんだ。彼女は、現在五十八歳で、いろいろと、苦労してきたと思うね。それで、警察に対して、ある種のアレルギーを持っているんじゃないだろうか？　だから、われわれが、きいても、肝心なことはいわない。そして、自分一人で、なんとか解決しようとしている。つまり、カメさんのいうように、自分一人だけで、犯人を見つけて、奥田豪の仇を、討とうとしているのかもしれないね」

と、十津川は、いった。

「そうなると、彼女は、ますます危ないですね」

と、亀井が、いった。

「危ないよ。しかし、明子自身は、その危ないことを、承知してやっているんだ。だから、よけいに、困ってしまうことになる」

と、十津川は、いった。

「それにしても、三年前に、何があったんでしょうね？」

と、亀井が、いった。

「三年前、奥田豪は、故郷を追われるようにして、東京に出てきている。一応、彼が経営していた十和田の旅館が、うまくいかなくなって、それで、東京に逃げたようになっているが、その原因をつくった人間が、いたんじゃないだろうか？　その恨みつらみみたいなものを、東京で、佐々木明子に、話したんじゃないだろうか？」

と、十津川が、いった。

「それに、十和田西ホテルの戸川社長や、息子の営業部長、それから、個人タクシーの運転手の足立が、絡んでいるということになりますかね？」

と、亀井が、きいた。

「そうだろう。そして、ほかにも、もう一人か、二人いたんだよ。その名前も、奥田豪は、佐々木明子に、話していたんだと思う。その一人か二人が、この八戸にいるとわかって、佐々木明子は、急遽、この八戸に、やって来たんじゃないだろうか？」

と、十津川は、いった。

「その名前と現在の住所がわかれば、すぐに見つけられるし、佐々木明子もつかまえられるんですがね」

と、亀井が、残念そうに、いった。

海岸に出たところで、十津川は、車を停めた。

「このまま、闇雲に走っていても、佐々木明子は、見つからないな。どうしたら見つかるか、考えてみようじゃないか」

と、十津川は、いった。

彼は、運転席の窓を開け、タバコをくわえて、火をつけた。

「しかし、どう考えたら、いいんでしょうか？」

と、亀井が、きいた。

「佐々木明子は、今までに、十和田西ホテルの戸川社長の息子の営業部長、個人タクシーの足立運転手に、会っている。間違いなく、彼らは、三年前の、奥田豪の東京行きと、関係があるんだ。とすると、この八戸で、佐々木明子が会いたいという人間も、おそらく、彼らとなんらかの関係がある人間ということになってくる」

と、十津川は、いった。

「確かに、そうですね」

と、亀井が、うなずいた。

「市役所に、行ってみよう」

と、十津川は、いった。

市役所に、向かって、車を走らせた。

市役所に着くと、市長と助役に、会った。

「この八戸に、十和田西ホテルの戸川社長や、息子の戸川営業部長、それに、これも十和田出身の個人タクシーの運転手、足立という運転手なんですが、この三人と、関係のある人間が、いませんかね？」

　と、十津川は、きいた。

　市長と助役は、顔を、見合わせていたが、

「その足立という運転手は、どうかわかりませんが、十和田西ホテルの戸川社長や、あのホテルの営業部長と、関係のある人は、この八戸に、いますよ」

　と、助役が、いった。

「その人が誰か、そして、どこにいるかを、ぜひ、教えてください」

　と、十津川が、いった。

「この八戸市内に、十和田西ホテルと同系列のホテルが、あるんです。そこの社長は、確か、十和田西ホテルの戸川社長と、知り合いだと思いますがね。いや、知り合いじゃなくて、親戚関係にあると、きいたことがありますよ」

　と、助役が、いった。

　市長も、それに、合わせて、

「確かに、そういうホテルが、この八戸にあることは、間違いありませんよ」

　と、十津川に、いった。

「ぜひ、そのホテルと、社長の名前を、教えてください」

　と、十津川が、いった。

「確か、そのホテルは、八戸ニューグランドホテルで、社長の名前は、菅原さんだったと思いますね。十和田西ホテルの戸川社長とは、親戚関係だと、きいたことがありますね」

と、助役が、教えてくれた。

とにかく、そのホテルに、行ってみることにして、十津川と亀井は、レンタカーに、戻った。十津川の推測が当たっていれば、佐々木明子は、そのホテルの菅原という社長に、会いに出かけたに違いない。

十津川と亀井は、八戸ニューグランドホテルに向かった。十五階建てのホテルだった。これから八戸は、観光客も増えるだろうから、このホテルも、うまくいくに違いない。

二人は、ホテルの駐車場に、レンタカーを停めると、ロビーに、入っていった。

フロントに行き、十津川が、警察手帳を、見せて、

「社長の菅原さんに、ぜひともお会いしたいのですが」

と、いった。

警察手帳が、威力を発揮したと見えて、すぐ、二人は、最上階にある社長室に、通された。

菅原社長は、五十代で、大柄な男だった。

「警視庁の刑事さんが、私に、何のご用でしょうか？」

と、菅原は、にこやかに、十津川と亀井に向かって、いった。

「菅原さんは、十和田西ホテルの戸川社長さんと親しいと、うかがったのですが」

と、十津川が、いった。

「確かに、私は、戸川社長の甥にあたりますが、彼が、何かしたのでしょうか？」

と、相変わらず、菅原は、にこやかに、きいた。

「奥田豪という男のことは、ご存じありませんか？」

と、十津川は、菅原の疑問には答えず、奥田のことをきいた。

「奥田豪ですか？」

と、菅原は、きき返してから、

「知りませんね。その人、どういう人ですか？」

「三年前に、故郷の十和田を捨てて、東京に行き、そして、今年の七月六日に、東京で、殺された男です」

と、十津川が、いった。

「申し訳ありませんが、まったく知らない人ですね」

と、菅原は、いった。

「では、もうひとつ。佐々木明子という女性を、知りませんか？」

「その人も、知りませんね。なぜ、私が奥田という人や、その佐々木明子という人を、知っていると、思われるのですか？」

と、逆に、菅原が、きき返してきた。

「本当に、ご存じありませんか？」

「知らないものは、知りませんよ。いきなり来られて、妙な質問をされても、困るんですが」

と、菅原は、怒ったように、いった。

「佐々木明子という人が、ここに、訪ねて来ませんでしたか？」

と、今度は、亀井が、きいた。

「まったく、会ったこともない人ですよ。妙な因縁をつけられると、困るんですが」

と、菅原が、いう。

「もし、佐々木明子という女性が、訪ねてきたら、すぐ、私の携帯に、連絡してほしいんですよ」

と、十津川は、いい、自分の携帯の番号を、菅原に教えた。

菅原は、気のない様子で、自分の手帳に、その番号を書いていたが、

「一応、お話は、うかがいましたが、そのどちらの人とも、私は関係がない。おそらく、その佐々木明子という人も、私を訪ねてくることはないと思いますよ」

と、菅原は、そっけなく、いった。

社長室を出たところで、十津川が、

「壁の写真を見たかね？」

と、亀井に、いった。

「見ましたが、このホテルの創業者の写真でしょうか？」

「いや、私は、あの顔に、見覚えがあるんだ。NA建設のことを調べている時に見たんだ。あれは、間違いなく、NA建設社長の岸田の顔だよ」

「政治家のですか？」

「ああ、そうだ。菅原は、昔、岸田代議士の秘書をしていたか、現在、後援会長をしているんじゃないかね」

と、十津川は、いった。

第七章　婚姻届

1

事件は、最悪の事態を、迎えた。

十津川たちの探していた佐々木明子が、死体となって、発見されたのである。

死体は、早朝、十和田湖の岸から、二十メートルぐらい離れた水面に、浮かび上がってきて、発見された。司法解剖の結果、死因は、溺死ではなく、首を絞められたことによる窒息死であると、わかった。

彼女の死体は、二十四時間以上、十和田湖に、沈められていたことも、わかった。

犯人の見当はついている。

NA建設の連中、あるいは、十和田西ホテルの戸川社長と息子の戸川営業部長、そして、新たに、彼らの仲間とわかった八戸ニューグランドホテルの社長、菅原。それらの人間が、すぐ、容疑者として、浮かび上がったが、彼らのなかの誰が犯人か、それを突き止める証拠が、見つからないのだ。

佐々木明子の死は、十津川にとって、大きな痛手だった。

どうして、殺された奥田豪のことを、もっと詳しく話してくれなかったのか。どうして、彼女自身のことを、何も話してくれないまま、死んでしまったのか。今となっては、それが、悔やまれてならない。

〈これで、奥田豪を殺した犯人を見つけるのが、難しくなってしまった〉

十津川は、そう思った。

一方、土地問題について調べていた、青地弁護士からも、暗い話を、きかされた。

青地は、十津川に向かって、こういった。

「十津川さんが、指示をしてくださったので、問題の土地の契約について、調べてみました。すると、二年前までは、あの産業廃棄物の処理場の土地の約半分が、奥田豪の所有だったことが、わかりました。しかし、今から二年前に、NA建設と、奥田豪との間で、売買契約書が、取り交わされているんですよ。もちろん、実印も、押されていました。その契約書がある限り、NA建設は、奥田豪から、あの処理場の土地、つまり、秋田県と青森県にまたがる、約一万平方メートルの土地を、買ったことになります」

と、青地弁護士は、残念そうに、いった。

「奥田豪の署名は、間違いなく、奥田本人の筆跡なんですか？」

と、十津川が、きいた。

「それが、名前も住所も、パソコンで、打たれたもので、奥田豪の筆跡では、ありません。しかし、だからといって、その契約書が、偽物だというわけには、いかないんですよ。肝心の実印が、ちゃんと、押されてありましたから」

と、青地は、いった。

「その実印は、奥田豪のものに、間違いないんですか？」

と、十津川は、念を押した。

「奥田豪が、役所に届けていた印鑑証明を、取りましたが、実ははっきりとしません。よく似ていますが、本物かどうか、わからないんです。なんといっても、奥田豪本人が、死んでしまっていますし、実印そのものも、発見されていませんから、ニセのハンコと断定することもできないんです。役所の方は実印と認定しています」

と、青地は、これも、残念そうに、いった。

その点については、佐々木明子は、何かを、知っていたのかもしれない。

しかし、彼女も死んでしまった今、それを解明する術は、ない。

「しかし、その土地の売買契約書は、偽物だと思いますよ」

と、亀井が、いった。

「だからこそ、殺された深町弁護士は、自信満々で、乗り込んでいったんじゃないでしょうか？」

十津川は、それに対して、

「確かに、カメさんのいうとおりだが、深町弁護士が死んでしまい、そのうえ、佐々木明子も死んでしまえば、問題の売買契約書の真偽を、確かめる術が、ないんだよ」

と、いった。

「これから、いったい、どうしたらいいんでしょうか？」

と、青地弁護士が、自信を失った顔で、いう。

「そうですね。われわれとしては、佐々木明子を殺した犯人を、地道に、調べていくよりほかに、仕方がないと、思っています」

と、十津川は、いった。

「地道に調べていって、犯人は、見つかるのでしょうか？」

と、青地が、きく。

「わかりませんが、とにかく、容疑者は、わかっているんです。問題は、その容疑者を、逮捕できるだけの証拠が、見つかるかどうかです」

と、十津川は、これもまた、あまり自信のない顔で、いった。

おそらく、連中は、アリバイを十分に準備してから、佐々木明子を殺したに違いない。それを考えれば、これからの捜査は、難しいに違いなかった。

司法解剖の結果、佐々木明子が殺された時刻は、七月二十三日の午後十時から十二時の間と、わかった。

その間のアリバイを、NA建設や、十和田西ホテルの社長や、営業部長、あるいは、八戸のホテルの菅原社長について、調べていったが、いずれも、アリバイは、成立した。

といっても、おそらく、作られたアリバイなのだろうが、それを、崩すことは、難しかった。

青森県警も、協力してくれたのだが、いっこうに、この捜査が、はかどらない。明らかに、連中は、グルになって、アリバイを、作っているのだ。

しかし、その作られたアリバイを、崩すことが、難しいのである。

まず、青森県警が、手を上げてしまい、十津川たちも、疲れきった時、東京の西本刑事から、電話が入った。

「すぐ、戻ってください」

と、西本は、十津川に、いった。

「何があったんだ？」

と、十津川が、きいた。

「とにかく、戻ってください」

とだけ、西本が、いう。

「しかし、何があったのか、それがわからなければ、東京に、戻れないじゃないか。こちらにも、やらなくては、ならないことが、いくらでもあるんだ」

と、十津川は、怒ったように、西本に、いった。

「今、警部に、小包が、届いているんです。親展と、書いてあるので、どうしても、警部に、開けていただかなくてはなりません」

と、西本が、いった。

「差出人は、誰なんだ?」

「住所は、書いてありませんが、名前は、佐々木明子に、なっています」

と、西本が、いった。

2

十津川と亀井は、急遽、東京に戻った。

捜査本部に、届いていたものは、電話では、西本刑事は、小包といったが、実際には、薄い雑誌が一冊入ったぐらいの茶封筒で、宛て名は「警視庁捜査一課　十津川警部様」となっていた。

切手が、ベタベタ貼ってあるところを見ると、郵便局に持っていって、郵送料をきいてから貼ったのではなく、とにかく、どこかのポストに投函(とうかん)しようと思って、必要以上に、たくさんの切手を、貼ったらしい。

消印には、八戸駅前郵便局とあり、消印は、七月二十三日、午前十時三十分となっていた。佐々木明子が、殺されたのは、七月二十三日の夜だから、その日の朝に、投函されたことになる。

確かに、大きな文字で「親展」と書かれてあった。

十津川は、ペーパーナイフを使って、封を切った。

十津川が、期待したのは、佐々木明子の、遺書のようなものだった。

それには、NA建設や、十和田西ホテルや、あるいは個人タクシーの足立運転手、そして、八戸のホテルの菅原社長に対する、佐々木明子の告発文が、入っているのではないか。

そして、何か、犯罪の証拠のようなものが、入っているのではないか。

十津川は、それを期待したのだが、中から出てきたのは、普通の大きさの、分厚い封筒だった。

それと、もう一枚、婚姻届の用紙だった。

少しばかり、がっかりしながら、十津川は、まず、分厚い封筒のほうに、目を通した。

白い、どこにでも売っているような、封筒である。

その表には、佐々木明子様と書かれ、裏には、奥田豪と、書かれていた。

封筒の中身を、取り出す。便せんが、十枚以上、入っている。

その手紙は、「佐々木明子様」で、始まっていた。


あなたに会うまで、私は、もう、なんの望みもない、死んだほうがいい人間だと、思い込んでいました。それなのに、なぜ、生きていたかというと、死ぬだけの勇気が、なかったからです。

しかし、たまたま、飲みに行って、あなたに会い、あなたの優しさに触れてから、少しずつ、生きたい、生きて、何かしたいという、気力が湧いてきました。

あなたにとって、私は、金がないくせに、酒が好きな、あまり儲からない客の一人に違いありません。それは、よくわかっています。

しかし、あなたは、そんな私に、優しく接してくれた。いろいろと、話をきいてくれた。

それが、とても、嬉しかったのです。

今まで、私は、誰にも、自分の過去を、話しませんでした。あまりにも惨めで、つまらない過去だからです。

しかし、その過去を、あなたにだけは、打ち明けたくなりました。それで、自分の過去を、振り返りながら、書くことにしました。

もちろん、私のつまらない繰言を、読んでくださらなくても、結構です。ただ、あなたにだけは、話しておきたい。そう思うので、これから、書きます。

私の奥田家というのは、十和田では、土地の名家で、親父に、いわせると、歴史のある旧家だそうです。

その親父は、祖父のつくった旅館をやっていました。それほど、大きな旅館ではありませんが、場所がよく、また、古い旅館だということで、繁盛もしていました。十和田周辺の観光案内には、名物旅館として、私の旅館の名前が載ったこともあります。

ですから、親父の代には、かなり繁盛していたんです。

しかし、私が二十歳になった時、親父もおふくろも、死んでしまい、私が、その旅館を、引き継ぐことになりました。

私自身には、親父ほどの経営の才能は、ありませんでしたが、それでも、名前が通っていたことと、十和田では旧家の旅館ということで、何度も泊まってくれるお客もいて、結構、経営状態は、いいほうでした。

十和田のような観光地の旅館というのは、まず、その旅館のある場所が、問題になります。私の旅館は、旅館からの十和田湖の眺めがいちばんよくて、その景色だけでも、値打ちがあるといってくださるお客が、たくさんいたのです。

しかし、そのために、うちの旅館が、狙われることに、なりました。

現在、十和田西ホテルのある場所が、私が育ち、やっていた旅館の土地なのです。

父の代から知り合いの戸川親子から、私に、融資話が、持ち出されました。

「もっと、旅館を大きく改造して、お客の収容能力も、大きくしたらどうか」という話が、持ち上がったのです。

私自身は、ここにも、書いたように、それほど、事業欲もなかったので、最初は、断ったのですが、そのうちに、NA建設の社長で、青森県選出の岸田代議士からも、「郷土のために、ひと肌脱がなければ、先祖に対して、申し訳ないのではないか」というようなことを、いわれました。

それに、八戸ニューグランドホテルの菅原社長からも、同じことを、勧められました。

菅原社長は、「今に、八戸に、直通の新幹線が通るようになるから、それが、完成するまでに、古くなった、あなたの旅館を、改造しておくべきだ」というのです。

迷いましたが、気の弱い私は、結局、彼らに、勧められるままに、その話に「イエス」といってしまいました。

しかし、それが、連中の罠だとわかったのは、しばらく後になってからです。とにかく、岸田代議士の斡旋で、金を借りることができたのですが、肝心の改装は、うまく、いきませんでした。

というのは、なぜか、旅館の改装の話が伝わると、途端に、客足が、ぱたりと途絶えてしまったのです。

後になってわかったのは、改装するということが、私が経営に失敗して、旅館を潰してしまったと、そういうニュースに、すり替えられていたのです。

そのうえ、三年前の、四月三十日中に、銀行に、一定の金額を納めないと、私の旅館が、競売（けいばい）にかけられるという状態に、なりました。

私は、祖父や父親から、引き継いだ旅館を、どうしても、手放したくないので、なんとか、金をかき集め、その日の午後三時、銀行が、営業している間に、持っていこうとしたのです。それで、私は、いつも使っている個人タクシーの足立運転手に、銀行まで、送ってもらうことにしました。

ところが、途中の奥入瀬で、足立運転手は運転を誤まり、車ごと、川に転落してしまったのです。

そのため、四月三十日の午後三時までに、銀行に、金を持っていくことが、できなくなり、とうとう、私の旅館は、競売にかけられてしまいました。

その時は、足立運転手を、まったく疑っていなかったのですが、後になってから、どうも、足立は、連中に、頼まれて、わざと、タクシーを川に転落させたのだと、考えるようになりました。

連中の思惑どおり、私の旅館は、競売にかけられ、それを、戸川たちが落札し、古い建物を、取り壊して、今の新しい十和田西ホテルが、できあがったのです。

私は、打ちのめされましたが、といって、いまさら自分が抗議しても、どうにもならないことも、わかっていました。

とにかく、私は、負け犬なのです。

連中に、いいように騙され、寄ってたかって、先祖代々続いた旅館を取り上げられてしまった。そんな、みじめな、負け犬です。

連中に、復讐するなどという気持ちは、起きず、逆に郷里に残っていては、恥ずかしいので、東京に出て、ひっそりと、暮らすことにしました。それが、三年前の出来事です。

たぶん、自分は、このまま、ひっそりと東京で死ぬことになるだろう。ひょっとすると、最後には、ホームレスか、何かになって、死んでしまうかもしれないが、それも仕方がないと思っていました。

そうしているうちに、あなたに、会ったのです。

何度でも、書きますが、あなたに会って、私には、どうにか、生きる希望が、湧いてきました。それで、今、三年ぶりに、郷里の十和田に、帰ってみようと思います。

というのは、旅館の土地も、建物も、すべて、競売にかけられて、失ってしまいましたが、少し離れた、青森と秋田の県境に、かなり広い土地を、持っているのを思い出したからです。

それは、どうにもならない山林で、私は、忘れていたのですが、一万平方メートルぐらいはあります。

それが、今も自分の土地であることを、確認しに行きたいと、私は、思っているのです。いまさら、NA建設の社長や、十和田西ホテルの戸川親子や、あるいは、八戸ニューグランドホテルの菅原社長、そして、足立運転手たちに会って、彼らに、恨みがましいことを、いうつもりは、毛頭ありません。そんな気力は、今の私には、ありません。

ただ、私は、ひとつだけ残された、あの山林が、自分の所有であることを、確認してから、帰ってきたい。そして、もし、あなたが、望むなら、その山林を売って、それを、あなたとの結婚資金にしたいのです。

いくらで売れるのか、私にも、わかりません。最近は、山林が安くなっていますから、たいした金には、ならないと思いますが、しかし、それでも、今、私が、あなたに贈れる、唯一の財産なのです。

それを確認して、帰ってきます。

もうひとつ、婚姻届を置いていきます。

私の名前と住所を書き、印鑑を、押しておきますので、もし、あなたが、イエスといってくださるのなら、私が、帰ってくるまでに、そこに、あなたの名前を書き、印鑑を、押しておいてください。

そうなることを、期待して、私は、郷里の十和田に、帰ってきます。

これが、奥田豪の手紙に、書かれていた言葉だった。

そして、婚姻届には、確かに、奥田豪の署名と、判が押されてあった。

ほかには、何も、入っていなかった。

亀井は、失望した顔で、

「これでは、どうにもなりませんね。第一、奥田豪自身が、NA建設や、十和田西ホテルの社長の戸川や、八戸ニューグランドホテルの菅原社長たちに、別に、文句をいうつもりはないと、いっているんですから、どうしようも、ありません。それに、三年前に騙されて、家や土地を取られたとしても、それは、民事事件で、殺人事件の証拠には、なりませんよ」

と、いった。

「確かに、そのとおりなんだが」

と、いいかけてから、十津川は、急に黙ってしまい、しばらく、じっと、婚姻届に目を、やっていた。

それからもう一度、奥田豪が、佐々木明子に宛てて書いた、長い手紙を、読み返してみた。

それは、淡々と書かれているが、明らかに恋文である。

しかし、本人の奥田豪も、相手の佐々木明子も、すでに死んでしまった。こうなると、この恋文には、なんの価値も、ないのだろうか？

「いや」

と、十津川は、大きな声を、出した。

「いや、これを、なんとか、役に立てようじゃないか」

と、十津川が、いった。

「どう役に立てるんですか？　なんの証拠にもなりませんよ。これを、持っていっても、連中の殺人を、証明することは、できないでしょう？」

と、亀井が、いう。

「確かに、そうだが、問題は、この婚姻届の方かな」

と、十津川は、いった。

「その婚姻届が、どうかしましたか？　死んだ人が書いた婚姻届で、その相手も、死んでしまっています。その意味では、珍しい婚姻届です。ロマンチックではありますが、ただそれだけのことでしょう？」

と、亀井が、いう。

「そうじゃないんだ。この印鑑だよ」

と、十津川は、いった。

「印鑑って、奥田の印鑑ですか？」

「そうだ。この印鑑を、よく見てみたまえ。普通、婚姻届は、三文判でも、いいことになっているが、これを見ると、きちんと、奥田豪と名前まで彫ってある、立派な印鑑だ。ひょっとすると、これは、奥田豪が、郷里の十和田にいた頃に作った実印かもしれない。もし、これが実印だとすれば、どういうことになるかね？」

と、十津川が、いった。

その言葉で、亀井の表情も、一変した。

「そういえば、あの青地弁護士が、いっていましたね」

と、亀井が、勢い込んで、いう。

「問題の土地は、二年前に、契約が取り交わされて、NA建設のものになっているが、その届け出た印鑑が本物かどうか、はっきりしない。そう、いっていましたね？」

「そうなんだよ。二年前というと、奥田豪は、三年前に、十和田を離れて、上京している。そして、奥田豪が佐々木明子に宛てた手紙の中でも、旅館は、競売にかけられてしまったが、県境に広がる一万平方メートルの山林は、まだ自分のものだから、それを、結婚の贈り物にすると、書いているんだ」

と、十津川は、いった。

「とすると、NA建設が、奥田豪との間に、取り交わした土地の売買契約書は、偽物だということになってきますね」

と、亀井が、目を輝かせて、いった。

「そのとおり」

　と、十津川は、うなずいた。

「しかし、それを証明するのは、簡単でしょうか？」

　と、亀井が、急に、首を傾げた。

「青地弁護士を、呼んでみよう」

　と、十津川が、いった。

　青地弁護士は、すぐに、駆けつけてきてくれた。

　青地に会うと、十津川は、

「もう一度、問題の土地の、売買契約書について、思い出してもらいたいんですが」

　と、いった。

「それには、奥田豪の名前はあったが、彼の筆跡では、なかったのですね？」

「そうです。その部分は、印刷になっていました。しかし、別に、本人の筆跡でなくても、有効です。ちゃんと、奥田豪の実印が押されてありましたから」

　と、青地は、いう。

「それは、本人と、NA建設の社長との間で、直接取り交わされたものなのでしょうか？」

　と、十津川が、きいた。

「その点は、はっきりしませんが、奥田の代理人が持ってきたとしても、それは、有効です」

　と、青地は、冷静な口調で、いった。

「問題は、印鑑ということになってきますね。その印鑑が偽物だったら、その売買契約書は、無効になる。そういうことですね？」

　と、十津川は、念を押すように、いった。

「そうなんです。ですから、私は、その点を、念入りに調べてみました。しかし、残念ながら、わからないのです。もちろん、奥田豪さんは、実印の登録を、していましたが、そのハンコに、よく似ていました。偽物かもしれないし、本物かもしれない。それが、いくら調べても、わからないので、告訴のしようがないのです」

　と、青地が、いった。

「では、この印鑑を、見てください」

　と、いって、十津川は、奥田の書いた婚姻届の、印鑑の部分を、青地に示した。

　青地は、それを見て、

「ええ、これと、同じ印鑑でした。これもたぶん、印鑑登録をしてある実印だと思いますね。しかし、よく、こんなハンコが、ありましたね」

　と、感心したように、いった。

「その売買契約書の印鑑は、これと、まったく同じでしたか？」

と、十津川が、きいた。

「今もいいましたが、まったく同じものかどうかは、定かではありません。実物がありませんから」

「では、奥田豪が、役所に登録した印鑑と、土地の売買契約書の印鑑と、この婚姻届の印鑑の三つを、比べてみようじゃありませんか。そうすれば、何か、わかるんじゃありませんか？」

と、十津川は、いった。

「そうですね。もし、この婚姻届の印鑑と登録した印鑑が、同一で、それと、あの土地の売買契約書の印鑑が、少しでも違っていれば、あの土地の売買契約は、無効になります」

と、青地は、勢い込んで、いった。

「きっと、土地の売買契約書の印鑑は、偽物だということに、なってきますよ」

と、十津川は、いった。

「どうしてですか？」

と、青地が、きく。

「奥田豪さんは、この印鑑を、東京まで持ってきているんです。この婚姻届を見てください。今年の七月一日、つまり、殺される五日前に、このハンコを、押しているんです。それに対して、土地の売買契約書が、作成されたのは、二年前でしょう？　奥田豪が東京に来てから、この売買契約書は、できあがったことになりますが、奥田豪自身は、佐々木明子への手紙の中で、この山林の土地は、まだ、自分のものだから、それを結婚の贈り物にすると、書いているのです。ですから、二年前に、彼が、NA建設との間に、問題の土地の売買契約を結ぶことは、この手紙に書かれた彼の言葉を信じる限り、あり得ないんですよ。当然、印鑑も、偽造されたものでしょう。ですから、その売買契約書は、偽物だということになります。当然、印鑑も、偽造されたものでしょう」

と、十津川は、確信を持って、いった。

「それで、肝心の印鑑は、どこに、あるのでしょうか？」

と、青地弁護士が、きいた。

「それは、わかりませんが、現在、印鑑がどこにあるかということは、問題にならないんですよ。というのは、奥田豪は、今年の七月六日に殺されました。その時、彼を殺した犯人が、印鑑を持ち去ったとしても、二年前には、その印鑑は、土地の売買契約書に、押せなかったはずですからね」

と、十津川が、いった。

「そうですね。確かに、そのとおりだ。これからすぐ、私は、この婚姻届を、持って、もう一度、十和田に行ってきます」

と、青地弁護士は、いった。

3

二日後、その青地弁護士から、電話がかかってきた。

電話の向こうで、彼が勢い込んでいるのがわかるような、弾んだ声だった。

「十津川さんがいわれた、三つの印鑑を、厳密に調べた結果が、出ました」

「その声の調子じゃ、どうやら、勝ったみたいですね」

と、十津川が、いった。

「そうなんですよ。奥田さんが印鑑登録したハンコなんですが、実は、顕微鏡で、やっと見えるくらいの小さな傷が、右肩にあるんです。それが、問題の土地の売買契約書のハンコには、ないんですよ。ということは、印鑑登録をした時点で、実印の右肩の部分に、小さな傷があったわけです。そこが、欠けていたんでしょう。もちろん、顕微鏡で見なくてはわからないぐらいの、小さな傷ですがね。ところが、こちらから持っていった、婚姻届の印鑑にも、顕微鏡で見ると、傷があることがはっきりとわかるんです。それが、二年前の、売買契約書のハンコには、なかった。これが、反対ならば、奥田豪さんが印鑑登録した時点では、完全に傷のない印鑑だったが、その後、二年前に、土地の売買契約をした時には欠けてしまって、それが、傷になっていたということができますが、反対ですからね。傷のあった印鑑が、完全なものになるはずは、ないんです。それで、今、NA建設側は、大あわてですよ。もちろん、私は、二年前の土地の売買契約が、無効であることを、訴えます」

と、青地弁護士は、いった。

「わかりました。われわれも、これからすぐ、十和田に、行きます」

と、十津川は、いって、電話を切った。

「問題の土地の売買は、やはり、インチキだったんですか？」

と、亀井が、きく。

「そうなんだよ。連中は、どうしても、あの土地が欲しくて、二年前に、土地の売買契約書をでっち上げたんだ。それに押す印鑑も、奥田豪の印鑑証明を、調べて、そっくりに作ったんだろう。ところが、その一部に、傷があった。顕微鏡で見なくては、わからないぐらいの、小さな傷らしいのだが、それを、見過ごしてしまった。それが、連中の大きなミスになったんだ」

と、十津川は、いった。

「これで、連中の結束が、壊れてくると、面白いですね」

と、亀井が、いった。

「だから、これから、圧力をかけて、壊してやろうじゃないか」

と、十津川は、勢い込んで、いった。

「殺された奥田豪と、佐々木明子の、弔い合戦みたいなものですね」

と、亀井は、古風なことを、いった。

翌日、二人は、例の列車「はやて13号」に乗って、青森に向かった。

なぜか、この列車に乗ることが、奥田豪や佐々木明子に対する、応援のような気がしたのだ。

しかし、東京駅のホームで、その列車に乗ろうとすると、急に、亀井が、

「NA建設の社長がいますよ」

と、小声で、十津川に、いった。

十津川が、グリーン車のあたりを見ると、NA建設社長の岸田代議士が、三十前後の若い女性秘書を連れて、乗り込もうとしているところだった。もう一人、松木広報部長も、一緒にいた。

「たぶん、連中も、あわてて、十和田に行くんですね」

と、亀井が、楽しそうに、いった。

「発車したら、あの連中に、挨拶に行こうじゃないか」

と、十津川が、いった。

「はやて13号」は、定時に、発車した。列車が上野駅を過ぎたあたりで、十津川と亀井は、席を立って、グリーン車に、歩いていった。

グリーン車の中では、岸田代議士たちが、座席を向かい合わせにして、腰を下ろしていた。
松木が、最初に、十津川たちに、気がついて、なぜか、急に席を立って、グリーン車を、出ていった。

そのあとの空いた二つの席に、十津川と亀井は、腰を下ろした。十津川は、岸田代議士に会うのは、これが、初めてだった。

十津川は、警察手帳を見せて、自己紹介した。

岸田は、乗り出すようにして、二人の刑事を、見つめてから、

「刑事には、なんの用もないはずだが、何か、文句でもあるのかね？」

と、最初から、けんか腰で、いった。

それが、岸田の動揺を、表しているように、十津川には、感じられた。

十津川は、さりげなく、岸田の隣りに座っている女性に、目をやった。

ときどき、東京の本社と、十和田の子会社との間の連絡に、この「はやて」を、利用している女性社員に、違いなかった。似顔絵の女によく似ていたからだ。

十津川は、それを確認してから、岸田に向かって、

「これから、十和田の、例の産業廃棄物の処理場に、行かれるんですか？」

と、冷静な口調で、きいた。

「それが、君たちと、どういう関係があるのかね？」

と、岸田は、相変わらず、強い口調で、いった。

「実は、私も、十和田の産廃処理場に行こうと思っているんですよ。向こうに、知り合いの弁護士が、行っていますから」

と、十津川は、いった。

「向こうの産廃処理場の問題は、あくまでも、民事の事件だ。それに、なぜ、警視庁の刑事が、関係してくるのかね？」

と、岸田が、怒った口調で、きく。

「実は、あれには、殺人事件も、絡んでいるんですよ。それで、私たちが、産廃処理場の調査に、行くところなんです。できましたら、ＮＡ建設の社長として、岸田先生にも、ご協力いただきたいのですが」

と、十津川が、いった。

「確かに、あそこでは紛争が、起きているがね、それは、あくまでも、民事の事件なんだよ。刑事事件じゃないんだから、私が、君たちに、協力する必要は、まったくない」

と、岸田が、いった。

「しかし、あの処理場の土地について、問題が起きていることは、ご存じですね？　二年前に、奥田豪という土地の所有者との間に、取り交わされた売買契約書、それには、ＮＡ建設の社長として、先生も判を押していらっしゃいますね？　その売買契約書が偽造じゃないかという問題が、起きているんですよ。そのことで、先生も、これから、十和田に行かれるんじゃないんですか？」

「そんなことを、君たちに話す必要は、ない」

と、十津川は、きいた。

と、岸田は、相変わらず、怒った口調で、いう。

「しかし、十和田に行かれるのは、間違いありませんね？」

と、亀井が、念を押した。

「どこに行こうと、私の勝手だ」

「あの土地の所有者だった奥田豪が、七月六日に、中野で、殺されているんですが、それは、ご存じですか？」

と、十津川が、きいた。

「そんなことは、知らん」

と、岸田が、いう。

「しかし、奥田豪というのは、二年前に、NA建設が、問題の土地を買った時の、相手方ですよ。土地の所有者です。その人間が、七月六日に、殺されているんですから、多少は、関心が、あるんじゃありませんか？」

「そんなことは、今、君から、いわれたばかりだ。だから、奥田豪という人が死んだことも、知らなかったよ」

と、岸田が、いった。

「本当に、知らなかったんですか?」

と、亀井が、意地悪く、念を押す。

「知らないものは、知らないんだ。土地の売買だって、すべて、松木広報部長に、まかせていたからね」

と、岸田は、いった。

その松木広報部長は、なかなか、席に戻ってこない。おそらく、デッキに出て、どこかに、携帯を、かけているのだろう。

「実は、ですね」

と、十津川は、いった。

「殺された奥田豪さんですが、問題の土地を、ある女性に、プレゼントしようとしていたんです。その女性は、佐々木明子さんといいましてね。二人は、結婚するはずだったんですよ。ところが、その佐々木明子さんも、十和田で、殺されてしまいました。それも、ご存じありませんか?」

「知らん」

と、岸田が、そっけなく、いう。

「問題の奥田豪さんは、今もいったように、その土地を、まだ、自分のものだと考えて、結婚する相手に、贈ろうとしていたんです。誰にも売っていないんです。つまり、二年前に、NA建設が、手に入れたと考えている問題の土地は、今も、奥田豪さんのものなんですよ。となると、二年前に、NA建設と、奥田豪との間で、取り交わされた土地の売買契約書は、偽物だということになってきますね。いったい、どうなるんでしょうか?」

と、十津川は、きいた。

「どうなるかといわれたって、そんなことは、私は、知らんよ」

と、相変わらず、岸田が、ぶっきらぼうに、いう。

「そのことを、深町という女性弁護士が知りましてね。それで、NA建設が十和田に作った産業廃棄物の処理場の土地は、本当は、NA建設のものではない。もちろん、その子会社のものでもない。そのことを調べ上げて、深町弁護士は、十和田の反対住民の集会に行こうとしていたんですよ。そこで、彼女に行かれては困る誰かによって、七月十七日の、同じ『はやて13号』のこのグリーン車の中で、深町弁護士は、殺されてしまいました。殺した容疑者は、三十代で、背が高くて、美人で、少し険のある顔の、女性だということがわかっています」

「それが、どうしたのかね?」

「実は、その女性は、今、先生の隣りに座っている女性とそっくりなんですが、この人の名前を、教えていただけませんか？」

と、十津川は、その女性に、目をやった。

「私の秘書の氏家君だが、それが、どうかしたのかね？」

「氏家、何と、おっしゃるのですか？」

「氏家美代子君だ」

と、岸田代議士は、いう。

十津川は、その氏家美代子に、目をやって、

「間違いなく、あなたは、七月十日の、この同じ『はやて13号』のグリーン車に乗っていましたね」

と、いった。

「覚えていませんわ」

と、氏家美代子は、首を横に振った。

「おかしいですね。あなたは、その時、このグリーン車の、6のAに乗っていたはずだ。その6のAの切符は、もともと、奥田豪のものだったんですよ。誰かが、奥田豪を殺して、その切符を手に入れ、その切符を渡されたあなたは、七月十日の『はやて13号』に乗っていたはずです。それを、覚えていませんか？」

と、十津川が、きいた。

「覚えていません」

と、女は、いう。声が甲高くなっていた。

「あなたは、6Aに乗って、その前の席に座る深町弁護士を殺そうと思っていた。しかし、あなたたちは、一週間、日にちを、間違えてしまったんです。それで、あなたは、もう一度、一週間後に、同じこの『はやて13号』に乗って、深町弁護士の後ろの席に、腰を下ろし、青酸化合物入りの注射器を使って、彼女を殺したんです」

「私が、そんなことをするはずが、ないじゃありませんか。深町弁護士さんなんて、全然、知らないんですから」

と、美代子が、いった。

「そうですか。しかし、今、東京では、問題の日のアリバイについて、私の部下たちが、念入りに調べていますよ。もし、あなたのアリバイが崩れたら、私たちは、あなたを、逮捕しますから、それは、覚悟しておいてください」

4

岸田代議士と、秘書の氏家美代子と別れ、グリーン車を出て、デッキに出ると、そこに、松木広報部長がいた。

二人を見ると、松木は、あわてて、耳にあてていた携帯電話を、切ってしまった。

十津川は、そんな松木に向かって、

「もう、NA建設をかばうのは、やめたらどうですか？」

と、いった。

「何のことか、わかりませんね」

と、松木は、いう。

「私には、どうしても、あなたが、殺人までできるような人には、見えないんだ。深町弁護士や、奥田豪を殺したのは、あなたじゃない。それに、佐々木明子を殺したのも、あなただとは思えないんですよ。奥田豪と佐々木明子を殺したのは、金でどうにでも動くような人間だと思う。そして、深町弁護士を殺したのは、岸田社長の秘書の氏家美代子であると、私は、確信しています。十和田の産廃処理場の土地の売買契約書が偽物であることは、もう、わかってしまっているんですよ。これから、どんどん、NA建設や、NA建設に加担した人間たちの犯罪が、明るみに出てきますよ。われわれが、それを明るみに、出してみせます。そうなると、このままNA建設をかばっていると、あなた自身が、不利になっていく。それを、よく考えてみてください。今から、われわれに、協力してくれたら、あなたは、助かるんですよ。何も好き好んで、あの代議士先生や、ほかの連中と、一緒に、刑務所に入ることは、ないじゃないですか？」

と、十津川は、諭すように、いった。

しかし、松木は、疲れたように、小さく首を振りながら、グリーン車に、入ってしまった。

「あの広報部長さん、だいぶ動揺していますね」

と、亀井が、いった。

「そうだな。あの男は、NA建設の広報を担当して、あちこち走り回っているが、人殺しができるような人間とは、思えないね。だから、事態がNA建設に有利に展開している限り、別に、びくつくことは、なかっただろう。ところが、ここに来て、少しばかり連中の不利になってきているから、あの広報部長も、イラついているんだ。怯えているのさ。このまま、広報部長として、弁明に走り回っていたら、自分が、殺人の共犯者にされてしまうのではないかと、それを、恐れているのさ」

と、十津川は、いった。

「そうでしょうね。彼にだって、家庭があって、妻子もいるでしょうから」

と、亀井が、いった。

「だから、どこまで、あの広報部長が、持ちこたえることができるか。私には、それが、楽しみだよ」

と、十津川が、小さく笑った。

「氏家美代子という社長秘書ですが、深町弁護士を殺したのは、彼女に間違いありませんか？」

と、亀井が、きいた。

「間違いないさ。問題の日の、七月十日の『はやて13号』の車内にいたはずだ。あの時、間違いなく、あの女は、『はやて13号』のグリーン車の６Ａに乗っていた。奥田豪が持っていた切符を使ってだよ」

と、十津川は、いった。

「じゃあ、殺人容疑で、逮捕状を、請求しましょうか？」

「いや、それは、まだだ。今までとは違って、肝心の、産廃処理場の土地問題のインチキが、暴露されてきたから、連中も、当然、うろたえている。だから、あの女性秘書も、何か、ミスをやらかすさ。それを待っていて、逮捕しても、遅くはない」

と、十津川は、いった。

「はやて13号」が八戸に着くと、十和田にある、産廃処理場の車が、岸田たち三人を、迎えに来ていた。

十津川と亀井には、青森県警のパトカーが、迎えに来てくれていた。そのパトカーには、青地弁護士が、乗っていた。

「今の列車で、ＮＡ建設の社長たちと、一緒でしたよ」

と、十津川が、いうと、青地弁護士は、笑って、

「ええ、連中の乗った車が、出発するのを、見ていました」

と、いった。

「連中は、あわてて、十和田に、駆けつけてきたんですよ」

と、亀井が、いった。

「彼らが来ても、あの土地の売買契約書が偽物であることには、変わりはありません」

と、青地が、いった。

「刑事の私としては、東京と、車内と、この十和田で起きた殺人事件について、犯人を逮捕しなければならないんです」

と、十津川は、いった。

東京で、奥田が殺され、「はやて13号」の車内では、深町弁護士が、そして、この十和田では、佐々木明子と、足立という個人タクシーの運転手が、殺されている。その犯人たちを、逮捕しなければならない。それが、十津川たちの仕事だった。

十和田湖に着くと、十津川と亀井は、湖畔のホテルに、チェックインした。

本当は、戸川親子がやっている、十和田西ホテルに泊まって、圧力を、かけたかったのだが、電話をすると、〈満室だから〉という理由で、断られてしまった。

青地弁護士は、産廃処理場の反対同盟の事務所に、泊まり込むことになった。その青地から、翌日の夜になって、連絡が入った。

「ＮＡ建設の社長の岸田代議士ですが、こちらに着くや否や、休む間もなく、町役場や、市役所、県庁などに足を運んで、必死になって、何か、運動していますよ」

と、青地が、いった。

「それは、二年前の、あの土地の売買契約についてでしょうね」

と、十津川が、いった。

「岸田代議士は、それが、正当なものであることを、必死になって、説いているのでしょうが、私の告訴が、取り上げられましたから、あの売買契約書が、無効であることは、もう、証明されたようなものです。それで、反対同盟の人間たちも、大いに気勢を上げていますよ」

と、青地は、いった。

翌朝、ホテルに届けられた地元の新聞も、揃って、この産廃処理場の土地問題について、大きく取り上げていた。どの新聞も、二年前の契約が無効であることを、書きたてている。

これもおそらく、連中に対して、大きな圧力になるだろう。

翌日も、青地弁護士からの電話で、岸田代議士が、県庁に、運動に行っているときいて、その留守を見計らって、十津川は、彼の秘書の氏家美代子に、電話をかけた。

「十津川です」

と、いうと、いきなり、電話を切られそうになった。十津川は、それを、押し留めるよう

にして、

「今なら、あなたは、助かりますよ。このままでいけば、あなたは、殺人犯として、刑務所行きだ。そして、ヘタをすれば、死刑になってしまう」

と、脅かした。

相手は、黙って、きいている。

「あなたが、深町弁護士を、殺したとしても、命令したのが、NA建設の社長ならば、あなたは、情状酌量される。それを、よく考えてください」

と、いった。その時点で、相手は、電話を切ってしまった。

翌日の、午後二時頃になって、十津川のホテルに、電話がかかってきた。十津川が出ると、低い抑えた声で、

「私です」

と、相手が、いった。

それは、氏家美代子の声だった。

「今、どこにいるんですか？」

と、きくと、

「今、青森県庁の中です」

と、いう。

「社長の岸田さんは？」

「今、県知事と、会っています。私は、今、廊下から、携帯で、かけているんです」

と、相手が、声を殺して、いった。

「私のいったこと、わかりましたか？」

と、十津川が、きいた。

「本当に、正直に話したら、情状酌量されるんですか？」

と、小さい声で、美代子が、きく。

「もちろん、情状酌量されますよ。しかし、そのためには、あなたが、こちらに来て、証言してくれなくてはならない。深町弁護士を、『はやて13号』のグリーン車の中で殺したのは、社長の岸田代議士に命令されて、やったことだと、証言してくれなければならないのです。証言してくれれば、私からも、間違いなく、情状酌量されるように、働きかけますよ」

と、十津川は、励ますように、いった。

しかし、美代子は、急に、電話を切ってしまった。おそらく、県知事に会っていた岸田代議士が、出てきたのだろう。

「彼女が、落ちそうだよ」

と、十津川は、亀井に向かって、嬉しそうに、いった。

「氏家美代子が、落ちそうなんですか？」

「そうなんだ。私の予想に、間違いがなければ、二、三日後に、あの女秘書は、落ちると思うね」

と、十津川は、いった。

十津川の予想が、当たった。

それから二日して、十津川たちの泊まっているホテルに、夜遅く、氏家美代子が、現れたのだ。

顔色は、青ざめていた。そして、少し震えている。

明らかに、落ち着きを失っている。そんな彼女を励ますように、十津川が、

「もう大丈夫ですよ。正直に、証言してさえくれれば、われわれが、あなたを守りますから」

と、いった。

「私、怖いんです」

と、美代子が、いう。

「わかりますよ。しかし、今いったように、正直に、話してくれれば、われわれは、あなたを守るし、情状酌量もされる。裁判では、私も、証言しますから」

と、十津川が、いった。

亀井も、それに、つけ加えるように、

「私も、あなたのために、証言しますよ」

と、いった。

それで、少し、落ち着いたらしく、美代子は、ため息をついてから、

「〈すべて、日本のためだ〉と、いわれたんです」

と、いった。

「日本のためとは、ずいぶん、大きく出たもんですね」

と、亀井が、いった。

「岸田先生が、そういったんです。〈日本では、どこかに、産廃処理場を、作らなければいけない。もし、それが、できなければ、日本中が、ゴミで埋まってしまう〉、そういったんです。〈それを、あの女性弁護士が、邪魔をしているんだ。だから、なんとしてでも、あの女性弁護士の口を、封じなければならない。それがNA建設のためであり、ひいては、日本のためになる〉、そういったんですよ。それで、先生にいわれるままに、あの日、『はやて13号』のグリーン車に乗ったんです。そして、6Aの座席に、腰を下ろしていました。その前に、深町弁護士さんが、座っていたんです。そして、社長のいわれるままに、深町さんの腕に、注射をしたんです」

と、美代子は、いった。

「しかし、うまく、注射できましたね?」

と、十津川が、きくと、

「私は、以前、中央病院で、看護婦をしていました。その時、岸田先生が、肝臓を悪くして入院したんです。それで、知り合って、口説かれて、中央病院を辞めて、先生の秘書になったんです。それ以来です。ですから、深町弁護士さんの腕に、注射をするぐらい、なんでもありませんでした」

と、美代子は、いった。

「裁判の時でも、同じことを、証言できますか？」

「できます。でも、約束は、確かなんでしょうね？　私、証言すれば、刑が、軽くなるんでしょうね？」

と、美代子が、確かめるように、きいた。

「それは、間違いありません。約束します。それから、七月六日に、奥田豪を殺したのは、誰ですか？　その犯人を、知っていますか？」

と、亀井が、きいた。

「私は、知りません。ただ、翌日、岸田先生から『はやて13号』の6Aの切符を渡されたんです。〈この切符を持って、『はやて13号』に乗れ〉、そういわれました。〈グリーンの6Aの前の座席に、深町という女性の弁護士が、座っているから、注射器を使って、青酸化合物を腕に注射して殺せ〉と、いわれたんです。しかし、その日は、深町弁護士さんは、乗っていませんでした。どうやら、一週間、間違えたらしいんです」

と、美代子は、いった。

「そして、一週間後に、同じ『はやて13号』グリーンの6Aに乗って、深町弁護士を、殺したんですね？」

と、十津川が、きいた。

「そうです。本当に、申し訳ないことをしました」

と、美代子は、眼をしばたたいた。

「十和田では、佐々木明子さんと、足立運転手が、殺されているんですが、その犯人については、ご存じありませんか？」

と、亀井が、きいた。

「わかりませんが、運転手の足立さんが殺された時は、岸田先生と、十和田西ホテルの戸川社長さんが、何か、いい争いをしていたのを、知っています。その後、しばらくして、足立さんは、殺されたんです」

と、美代子が、いった。

「岸田代議士と、戸川社長は、何を、いい争っていたんですかね？」

と、十津川が、きいた。

「内容は、わかりませんけど、その前の日に、足立さんから、電話があったらしいんですよ。

そのことで、お二人は、いい争っていたみたいなんです。岸田先生は、お金のことを、いっていましたから、たぶん、足立さんが、お金を、要求したんじゃないでしょうか？」

と、美代子は、いった。

十津川は、黙って、うなずいた。たぶん、そんなところだろう。それが、仲間割れの原因に違いない。

連中のなかで、足立運転手だけが、何か、貧乏くじを、引いたような感じに、なっていたからである。

きっと、そのことに不満を持ち、NA建設社長の岸田代議士や、あるいは、十和田西ホテルの戸川社長たちに、金銭を、要求したのだろう。

〈それで、足立運転手の口を、封じることになったのではないか〉と、十津川は、思った。

「佐々木明子さん殺しについて、何か、知っていることは、ありませんか？」

と、十津川が、きいた。

「犯人は、知りませんけど、八戸のホテルの菅原社長から、よく、岸田先生に、電話が、かかっていました。菅原社長も、十和田西ホテルの戸川社長も、岸田先生の後援者なんです。私が、『はやて13号』の中で、深町弁護士さんを、殺すことになるまでは、あまり、この二人の後援者からは、電話がかかってくることはなかったんです。それが、あの事件があってから、なぜか、頻繁に電話がかかるようになりました。特に、七月の二十二、三日頃には、菅原社長から岸田先生に、頻繁に、電話がかかってきました」

と、美代子が、いった。

たぶん、佐々木明子が、その頃、八戸に来て、菅原社長に、面会を求めたり、あるいは、奥田豪について、何かを、いっていたのだろう。それで、菅原社長は、困ってしまい、善後策を、東京の岸田代議士に、相談したのではないだろうか。

そこで、岸田代議士は、誰か、人を使って、佐々木明子を、殺したのではないのか。

そう考えれば、辻褄（つじつま）が、合ってくる。

十津川は、とりあえず、氏家美代子が話したことを録音し、調書を作り、それに、捺印してもらった。これで、まず、彼女に対する逮捕状が取れるだろう。

そして、殺人教唆で、岸田代議士に対する逮捕状も下りるに違いない。

その後で、十津川は、青地弁護士に、電話で、それを伝えた。

電話の向こうで、若い青地弁護士が、

「バンザイ！」

と叫んだ。

「これで、深町先生の仇がとれますよ」

その喜びの大きさに、十津川は、思わず、苦笑した。

「これで、事件も、片付きそうですね」

と、亀井も、嬉しそうに、いった。

「そうだな。すべてがすんだら、佐々木明子の遺骨を、奥田家の寺に、葬ってやりたいね」

と、十津川が、いった。

解説

細谷正充（文芸評論家）

二〇〇六年は、西村京太郎にとって、記念すべき年であった。なんと著書が四百冊を突破したのである。最初の著書『四つの終止符』が刊行されたのが、一九六四年だから、四十二年で四百冊。単純に平均すれば、一年に十冊弱のハイペースということになろう。

一口に四百冊というが、それだけの冊数を刊行するのは、並大抵のことではない。すぐに思いつくものでも、ふたつのハードルがある。ひとつは作者の創作力。ストーリーを考え、キャラクターを創り、アイディアやトリックを盛り込む。机に向かい、原稿用紙の升目をひたすら埋め、物語を完成させる。こうした作業を、息継ぐ暇もなく、数十年にわたって行っているのだ。デビュー以来、まったく衰えを見せない、作者の創作力には脱帽するしかない。

そしてもうひとつが、読者の支持である。出版社は文化事業であると同時に、商業活動でもある。商売として成り立つだけの売り上げがなければ、おいそれと本を出すわけにはいかない。どんなに作者に創作力があろうとも、人気がなければ本は出ないのである。事実、数冊の本を出版して消えていった作家の、なんと多いことか。そのような世界で、作者は本を出し続けてきた。いかに読者の支持を受けているか、分かろうというものだ。四百冊という数字の裏にある、こうした事実を思うと、あらためて西村京太郎という作家の凄さに気づかされるのである。

本書『東北新幹線「はやて」殺人事件』は、「小説宝石」に、二〇〇三年九月号から翌〇四年三月号にかけて連載され、同年四月にカッパ・ノベルスの一冊として刊行された。十津川警部の活躍を描いた、長篇トラベルミステリーだ。

東京のうらぶれた木造アパートで、奥田豪という男が殺された。かつて青森の十和田湖周辺に旅館を持っていたが潰れてしまい、その再建資金を稼ごうと三年前に東京に出てきた奥田だが、仕事もうまくいかず、くすんだ生活をしていたらしい。さっそく捜査に乗り出した十津川警部たちは、奥田がよく行っていたスナック「あき」のママ・佐々木明子から有力な情報を得た。奥田は七月十日の東北新幹線「はやて」のグリーン車に乗って、故郷の十和田へ帰郷しようとしていたのだ。なぜか奥田の死にこだわる明子は、その遺骨を抱え、彼が乗るはずだった「はやて」に乗車する。しかし奥田の座るはずの席には、見知らぬ女が座っていた。さらに奥田の故郷でも、彼を知るはずの人々が不可思議な反応を見せる。そして明子は、何者かに襲われた。

明子の動きに不審なものを感じながらも、いまひとつ事件の核心に迫れないでいた十津川たち。ところが事態は意外なところから動き出す。東北新幹線「はやて」のグリーン車で、東京の弁護士・深町恵子が毒殺されたのだ。恵子は十和田湖周辺で起きている産業廃棄物問題を引き受け、事件解決の決定的な証拠を持って、十和田に向かう途中であった。しかしその証拠は、殺人現場から消えていた。そしてなぜか恵子の座っていた席は、一週間前、奥田が座るはずの席の真ん前だった。奇妙な符合に、事件の関連性を確信した十津川は、恵子の線から真相を追う。だが、そんな十津川を翻弄するかのように、さらなる凶行が続くのだった。

本書を手にした読者にとっては周知の事実だろうが、作者のトラベルミステリーは面白い。もちろん本書も、とても面白い作品である。では、この面白さの、源泉はどこにあるのか。その手掛かりとなるのが、カッパ・ノベルス版の「著者のことば」である。短いものなので、全文を引用する。


「青森県の八戸まで、新幹線が通ったというので、早速、取材に出かけた。

こうした時、いつも感じるのは、プラスとマイナスがあることである。新しい交通手段によって、その地方が、中央に近づく。経済の面でも、人間同士の交流でも。

しかし、その一方で、中央で起きている犯罪も、地方に移っていく。地方が利用される。

そんな現実を切実に感じた取材だった」

どうだろうか。「著者のことば」を読んで、まず感心させられるのが、作者のアンテナの良さである。東北新幹線の盛岡駅から八戸駅間が開業したのは、二〇〇二年十二月一日のこと。そして本作の連載が始まったのが「小説宝石」の二〇〇三年九月号。一年もたたないうちに、東北新幹線の新たに開通した区間が、作品で扱われているのだ。〝早速、取材に出かけた〟という言葉は伊達じゃない。新たな現実を、新鮮なうちに物語に取り込むフットワークのよさが、西村作品の人気の秘密のひとつだろう。

そして、さらに注目したいのが、作者の社会派の視点である。交通手段の発達により、中央と地方が近づくにつれ、地方が利用されるようになる。そんな現実を作者は、産業廃棄物の不法投棄問題に託して、告発しているのだ。

産業廃棄物の不法投棄は、現代日本の根深い問題である。悲しいことだが、定期的にニュースになるので、その実態をご存じの人も多いだろう。その中でも、香川県の豊島（てしま）の不法投棄事件と並んで有名なのが、青森・岩手の県境で起きた不法投棄事件なのだ。本書はこの実際の不法投棄事件をモデルにして、地方を利用した犯罪の構図を暴いている。作者は、最初の長篇『四つの終止符』で聾者の悲劇を扱い、以後も社会的なテーマを好んで取り上げてきた。こうした社会派の視点が、本書にもしっかりと脈打っているのだ。

また、トラベルミステリーの〝トラベル〟の魅力も忘れられない。佐々木明子の十和田行を通じて、酸ヶ湯温泉や奥入瀬渓谷、十和田湖の風景が、次々に開けていく。個人的な話になるが、十和田湖でヒメマスの養殖に成功した和井内貞行の資料を展示した、十和田ふるさとセンターのことも、本書を読んで初めて知った。見物のしがいがありそうだと、ページを捲るごとに、十和田への旅情を誘われてしまうのである。

もちろんミステリーの観点から眺めても、本書は読みごたえがある。奥田豪と深町恵子。無関係に思えたふたつの死が、東北新幹線「はやて」によって結びつく展開には、ワクワクさせられる。「はやて」の座席の件などは、まさにミステリーの醍醐味である。

そして、なによりも素晴らしいのは、事件解決のための突破口に、人間の愛情を求めているところだ。ミステリーのポイントであるので詳細は避けるが、めぐまれない生活をしてきた登場人物が、社会の片隅で育もうとした愛情が、蜂の一刺しとなって、事件を解決に導く。ミステリーとしての驚きは当然として、ここには作者が人間に寄せる、かぎりない信頼と賛歌がある。欲望にまみれた凶悪犯罪を描きながら、読後感がさっぱりしているのは、作品の根底に人間を信じる、作者の祈りが響いているからなのだ。

ところで東北新幹線は、二〇一〇年に、八戸駅から新青森駅の間が、開業する予定である。そうなれば作者は、早速、取材に出かけ、得た成果を新たな作品に投入することだろう。その本は四百何十冊目の著作になるのであろうか。いや、もしかしたら五百冊目という可能性も……。これからも作者は、作品というレールを延ばし続け、どこまでも走っていくのである。

この作品はフィクションであり、実在の個人・団体・事件などとは、いっさい関係ありません。（編集部）

二〇〇四年四月　カッパ・ノベルス（光文社）刊

光文社文庫

長編推理小説
東北新幹線「はやて」殺人事件
著者　西村京太郎

2007年5月20日　初版1刷発行

発行者　篠原睦子
印刷　大日本印刷
製本　ＤＮＰ製本

発行所　株式会社　光文社
〒112-8011 東京都文京区音羽1-16-6
電話 (03)5395-8149 編集部
8114 販売部
8125 業務部

落丁本・乱丁本は業務部にご連絡くだされば、お取替えいたします。
ISBN978-4-334-74241-6 Printed in Japan

KOBUNSHA